SYLVIA HANSEL

LES ADULTES N'EXISTENT PAS

ÉDITIONS INTERVALLES

On ne naît pas adulte ; on ne le devient pas non plus.

À Florencia et Marcela

My mind's lost in a household fog
Wedding gowns and catalogs
Kitchen furnishings and houses
Maternity clothes and baby's trousers

Now it's a legal matter, baby
Marryin's no fun

Pete Townshend
A Legal Matter

Espace culturel

C'était une petite poule à roulettes, du genre qu'on traîne au bout d'une ficelle. Sur la boîte était indiqué « à partir d'un an ». Je l'ai reposée avec regret, l'enfant auquel je devais acheter un cadeau n'avait qu'une semaine. J'ai envisagé de la prendre quand même, cette poule qui me séduisait tant avec sa tête d'abrutie, pour la stocker chez moi pendant un an et l'offrir en temps voulu. J'hésitais, indécise. Tous ces foutus jouets étaient prévus pour des gamins assez âgés pour pouvoir les tenir dans leurs petites mains. Il y avait bien quelques doudous, mais ils tiraient une sale tronche – des animaux en peluche fabriqués à la va-vite dans une usine du tiers-monde par des employés exploités qui n'en ont rien à foutre que la bestiole ait une tête sympa. Que faire ? Penser de façon rationnelle n'était pas chose aisée, avec cette gueule de bois phénoménale, mon mal de crâne qui ne voulait pas se dissiper malgré deux Doliprane mille, les neurones qui dansaient la carmagnole, le son du canon pas très loin en arrière-plan. Ajoutez à cela que le rayon jouets m'était aussi étranger que la topographie de Beyrouth... À partir de maintenant, j'allais être amenée à croiser énormément de jouets en forme de petits animaux, tous plus attendrissants les uns que les autres, alors je n'allais pas commencer à acheter des poules à roulettes un an à l'avance. J'ai jeté un dernier regard au jouet et je me suis mise à pleurer.

Les larmes sont sorties toutes seules, sans prévenir, là, dans le Leclerc espace culturel, à midi et demi, devant une poule à roulettes. Le vigile m'a fixée un moment puis, voyant que je ne remplissais pas mon sac de Playmobil en loucedé, il a fait demi-tour d'un pas nonchalant. Il a dû penser que, pour me mettre dans cet état devant des jouets, je devais avoir perdu un enfant, fait une fausse couche, ou quelque drame de ce genre. Ou alors, plus simplement, il a supputé que j'étais pétée du bulbe.

Je n'ai pas perdu d'enfant ; je n'en ai jamais attendu et n'en ai jamais désiré, pas même à l'adolescence, lorsque l'on dit comme ça dans le vide qu'un jour, quand on sera grande, on se mariera et on aura des enfants. Au collège, j'avais des copines dont les chambres étaient tapissées de photos de bébés ; quand elles croisaient une poussette dans la rue, elles se mettaient à gagatiser, affichant un sourire d'une niaiserie embarrassante. Moi, ça n'a jamais été mon truc. La vue d'un nourrisson ne m'a jamais plongée dans cette drôle de transe attendrie que je peine à comprendre, les très jeunes enfants ayant plutôt tendance à m'agacer. Me reproduire n'a jamais été à l'ordre du jour, malgré les petites réflexions que ne manque jamais de m'adresser ma mère, qui aimerait des petits-enfants. J'ai pas le temps, autre chose à foutre. Et puis, arrêter de boire et de fumer pendant neuf mois... Vous m'avez bien regardée ?

Rien ne me prédisposait donc à aller chialer au milieu des jouets. Du moins, jusqu'à ce que la trentaine arrive et que mes amies chopent toutes en même temps un gros ventre, comme si c'était la nouvelle tendance de la saison dans *Grazia*. Elles, et les copines de mes potes, elles ont toutes eu la même idée. Moi aussi j'ai un gros bide – mais moi, c'est la bière.

Je suis sortie du magasin sans poule. Je n'avais trouvé aucun jouet qui convienne à un bébé encore incapable de se tenir assis, alors je me suis traînée jusqu'à l'Abribus, les larmes coulant toujours comme si elles possédaient une volonté propre. Le panneau indiquait douze minutes d'attente. Une maman en boubou était assise, un enfant sur le ventre et deux autres, plus grands, qui se cavalaient après en rigolant. Merde, c'est un complot, je suis cernée par les gamins ! La dame m'a jeté un regard plein de curiosité, j'ai eu peur qu'elle se sente obligée de venir me réconforter, alors je me suis éloignée de quelques pas, lui tournant résolument le dos. Un homme d'environ cinquante ans, debout sous l'Abribus d'en face, me regardait lui aussi avec intérêt. Et bim ! Ça n'a pas loupé : après quelques secondes d'hésitation il a traversé la rue, s'est dirigé vers moi et a demandé : « Ça ne va pas, mademoiselle ? Je peux vous aider ? »

Ce connard devait avoir derrière la tête l'idée de m'offrir un verre à la cafèt' du Leclerc avant de me mettre dans son pieu.

« Oh toi, le relou, VA TE FAIRE FOUTRE ! » ai-je hurlé en le regardant droit dans les yeux.

Puis j'ai tourné les talons, furieuse, descendant l'avenue d'un bon pas, sans me retourner.

De toute façon, même si j'avais voulu être consolée, et à supposer qu'il n'avait pas d'intentions salaces, qu'aurais-je bien pu lui dire ? « Mon amie d'enfance vient d'accoucher » ?

Du lait pour l'apéro

Pénélope, ma meilleure amie depuis le collège, vient d'accoucher. Elle a déjà commencé à changer, dès les premiers mois de sa grossesse. Et même avant cela, lorsqu'elle a décidé de s'installer en Seine-et-Marne avec ce type sans intérêt, puis d'adopter Alain Prost – c'est devenu vraiment préoccupant quand elle s'est mise à fréquenter un *centre aéré pour chiens* où, les dimanches, elle l'emmène courir dans la forêt avec d'autres canidés pendant qu'elle papote avec leurs maîtres. Désormais, elle a un vermicompost, fabrique elle-même son savon bio, ne se mouche plus que dans des mouchoirs en tissu et vous regarde comme si vous veniez d'égorger Alain Prost si vous avez le malheur de lui demander un Kleenex. En l'espace de deux ans, elle est devenue maniaque du ménage, essuyant les miettes sur la table avant que je n'aie fini mon verre de vin après le dîner (« Tu peux enlever ton coude s'il te plaît, que je puisse passer l'éponge ? »), et a décidé de fonder une famille.

Mon mode de vie a sans doute déjà commencé à lui paraître frivole et immature, et maintenant que le bébé est né... Ses centres d'intérêt vont tourner autour de l'enfant, elle va rechercher la compagnie d'autres jeunes mamans, et nos vies vont s'éloigner l'une de l'autre comme si on était des trains allant dans la même direction et qu'à un moment, j'avais raté l'aiguillage.

Avec mes trois autres copines enceintes, ça va être pareil, et mes potes mâles qui s'apprêtent à goûter aux joies des couches chaudes cesseront de sortir, séquestrés par leur bergère : « Maintenant il faut être sérieux, tu ne vas tout de même pas continuer à jouer de ta guitare, là, dans des bars minables, alors que moi je suis coincée à la maison avec ton fils » – elles oublient rapidement que si elles sont tombées amoureuses de ce type, c'est précisément parce qu'il jouait de sa guitare, là, dans des bars qui à l'époque leur semblaient être des hauts lieux de l'underground, et que, pendues au bras de leur future rock star de petit ami, elles avaient l'impression d'être privilégiées.

Un à un, mes amis vont s'éloigner en me laissant sur le carreau. Bien sûr, ils n'en ont aucune intention ; ce sont des gens cool, de bons potes sur lesquels je peux compter. Ils vont m'inviter à dîner, me demandant gentiment d'aller fumer sur le balcon car eux ont arrêté, madame parce qu'elle était enceinte et monsieur par solidarité avec madame. Pour la même raison, il n'y aura plus grand-chose à boire. Les gens cessent de picoler après s'être reproduits ; ils deviennent raisonnables. Une collègue enceinte m'a déjà fait le plan : « Assieds-toi, tu veux boire quelque chose ? On a du Coca zéro, du jus de pomme et, euh... du lait. »

Du *lait*, Seigneur tout-puissant !

Dans quel monde vivent ces déséquilibrés qui vous proposent du *lait* à l'heure de l'apéro ?

Ils parleront de leur bébé, de leur boulot, du siège auto du bébé, de la fatigue due au bébé qui ne fait pas ses nuits, de l'aménagement de la chambre du bébé, me demanderont – histoire de montrer qu'ils s'intéressent à moi – si ça se passe bien au boulot, s'excuseront de ne pas pouvoir assister à ma fête d'anniversaire parce que, tu comprends, avec le bébé... Résultat, tout le monde passera une soirée médiocre, et ces dîners s'espaceront jusqu'à disparaître. Nous nous donnerons des nouvelles par e-mail, pour se souhaiter la bonne année ou les anniversaires. Et moi, vieille adolescente, je vais me mettre à ressembler à ces cabines téléphoniques à carte qu'on trouve encore près de certaines gares de banlieue, que plus personne n'utilise depuis qu'il y a des portables, et que France Télécom ne prend même plus la peine de réparer. Un truc inutile, vestige d'une époque révolue.

Le seul moyen d'éviter de ressembler à une cabine téléphonique serait de devenir, moi aussi, mère. Mais, en plus de toutes les raisons précédemment énoncées, je viens de quitter l'homme avec lequel je vis : un bébé n'est donc pas exactement à l'ordre du jour. Et le fait que mon ex et moi soyons contraints de continuer à partager le même deux-pièces de quarante mètres carrés, donc le même lit, la mauvaise haleine et la mauvaise humeur du matin, n'aide pas à développer la *positive attitude* chère à Lorie et à Jean-Pierre Raffarin. Moi qui déteste déménager, je vais devoir trouver un nouvel appartement. En soi, cette perspective est déjà assez déprimante, mais c'est encore pire quand on sait que je viens de perdre mon boulot. Pour obtenir ne serait-ce que le droit de *visiter* un logement, les agences immobilières exigent qu'on soit en CDI depuis au moins six mois et que l'on gagne trois fois le montant du loyer… À côté, l'ascension de l'Everest, c'est du pipi de chat.

Malgré toutes ces raisons tangibles et raisonnables de pleurer en pleine rue, ce qui surtout me rendait triste, ce qui faisait redoubler la douleur dans ma gorge, c'était l'idée de ne plus jamais revoir le photographe. Je ne le reverrai plus, et je ne lui ai même pas dit que… lui dire quoi, au juste ? « Je t'aime » ? Nan mais ça va pas bien, j'ai passé l'âge de ces conneries… J'avais pensé, à un moment, lui dire « Je te désire de façon très violente », ce qui était la pure vérité, mais… Mais non, je ne dis pas ce genre de choses – du moins, pas à jeun. Quoi d'autre ? « Je suis amoureuse de toi. » Ça, c'était le mot juste. Amoureuse, ça convenait. Ça n'a pas valeur d'éternité, ça n'implique pas de connaître la personne au point d'avoir envie de passer le restant de ses jours avec elle. C'est teenage. Joli, pur et naïf – au fond, ça ne veut rien dire. Mais ça traduisait parfaitement mon état, le sang qui me montait aux joues chaque fois que je le voyais, les mains qui tremblent, les bafouillements, l'impression d'avoir douze ans et d'être une parfaite quiche, l'envie irrépressible de piquer un sprint dans la rue pour me défouler après avoir échangé trois mots avec lui… Oui, amoureuse, c'était le mot juste.

Trouver le mot juste est une chose ; être assez stupide pour dire ça à un type qui a trois enfants qui ont une mère, c'en est une autre. N'ayant pas encore franchi ce cap décisif dans la connerie absolue, je ne lui ai rien dit. Et ne lui dirai plus jamais rien.

Eh merde, une nouvelle salve de larmes... Et en plus, je n'ai plus de Kleenex.

Mariage & fromage desséché

Ce week-end, j'ai l'appartement pour moi seule, Milan est parti au mariage d'une vague amie en Normandie, à Reims ou à Limoges, dans l'un de ces coins où personne n'a envie d'aller. J'ai l'appart pour moi seule... Plus besoin de sortir passer mes coups de fil depuis la terrasse du bar-tabac au coin de la rue pour pouvoir parler librement. Plus besoin d'aller au parc pour bouquiner tranquillement sans l'entendre râler dans la pièce à côté. La perspective d'un week-end sans mon ex me rappelle ces moments où, adolescente, mes parents partaient en vacances, me laissant la maison pour quelques jours. La liberté!

J'étais, moi aussi, invitée au mariage – par politesse ou réelle envie de me voir, je n'en sais rien et peu m'importe. Je sèche les mariages comme un lycéen sèche les cours; j'invente des prétextes pour ne pas y aller, et dois faire très attention à ne pas me trahir. C'est parfois compliqué, avec les réseaux sociaux: je suis censée être *tellement* désolée de ne pouvoir venir mais je dois aller rendre visite à ma grand-mère malade, et là, le samedi soir, un abruti sort son iPhone, me prend en photo une bière à la main, des merguez fumantes en arrière-plan, et poste ça sur Facebook.

Mon collègue Alex ne me parle plus depuis que j'ai séché son mariage. Ce n'était pas un ami proche mais je l'appréciais. J'étais surprise qu'il m'invite, avec faire-part dans la boîte aux lettres, typo argentée, les parents des futurs époux avaient des prénoms composés et des noms à particule, ça sentait le mariage bourgeois à plein nez, mais enfin que voulez-vous que j'aille faire là-dedans? Désolée Alexandre, t'es un type plutôt cool, quand tu veux tu m'appelles, on se boit une mousse, ce sera avec plaisir, mais honnêtement, pourquoi veux-tu que j'aille passer une soirée où je ne connais que deux personnes, entourée de la famille Le Quesnoy, à me faire chier pire qu'en cours d'histoire-géo?

Je lui avais donc répondu, très poliment, que malheureusement ce week-end-là j'allais chez ma mère en province, j'avais déjà réservé mes billets de TGV en Prem's, non échangeable non remboursable, mais je le félicitais, lui souhaitais beaucoup de bonheur et espérais le voir bientôt. Il ne m'a plus jamais donné de nouvelles. Quelqu'un de notre cercle d'amis a dû griller mon pieux mensonge... Je ne sais pas qui a balancé, mais je sais dans quel camp cette personne aurait été en 1942.

C'est dommage qu'Alex se soit vexé pour si peu. Ou peut-être n'était-ce pas si peu pour lui, peut-être qu'il trouvait vraiment cela important... C'est incroyable comme les trentenaires se mettent à vouloir se marier dans la tradition bourgeoise après avoir passé la décennie précédente à écouter du rock, traîner dans les concerts et papillonner d'un(e) partenaire à l'autre. Il y a d'abord les fiançailles, avec bague et tout le tremblement, puis viennent les faire-part cartonnés, la robe qui nécessite plusieurs essayages, les toilettes des demoiselles d'honneur, toutes identiques et dans une couleur pastel – j'ignorais que mes amis fussent pleins aux as au point de dépenser une fortune pour des robes destinées à n'être portées qu'une seule fois ! Pour finir, comme je n'assiste pas à tout ce cirque, je vois passer sur Facebook des photos de potes en costard, nœud papillon ou cravate, les pieds dans la pelouse et une flûte de champagne à la main, ça leur fait des têtes toutes rigolotes, on dirait qu'ils se sont déguisés. Un peu étrange, de la part de gens qui se prétendent rock'n'roll. C'est à se demander si, entre *The Walking Dead* et *Breaking Bad,* ils ne regardent pas en cachette des comédies romantiques avec Julia Roberts.

Le pire étant qu'ils vont tous faire leur cinéma en province, dans la campagne profonde, dans ces lieux inaccessibles par le train, pleins de ronds-points, de Leroy Merlin, de Gamm Vert et de lotissements pavillonnaires, où tout le monde possède une voiture… Comment je fais, moi, pour y aller ? Je raque cent cinquante euros de TGV, une nuit à l'hôtel Formule 1 et je m'en remets à la générosité d'un possesseur de Xsara Picasso pour m'emmener sur les lieux de la cérémonie puis me déposer à l'hôtel puis venir me rechercher le lendemain et me ramener à la gare ? Vraiment, il y a des gens qui savent vendre du rêve.

Mais je ne devrais pas dire tant de mal des mariages à perpète, ils ont aussi leurs bons côtés : c'est précisément grâce à l'un d'entre eux que j'ai l'appartement pour moi toute seule ce week-end. À peine Milan a-t-il fermé la porte que je commence à ramasser les sacs plastique. Il en laisse toujours traîner partout par terre, bien que je lui aie déjà dit trente fois que Pablo Escobar risque de s'étouffer en jouant avec. Heureusement, ce chat est intelligent et évite soigneusement les sacs. J'entreprends aussi de réunir les petits papiers froissés que Milan dissémine dans tout l'appartement et de les ranger dans son tiroir à bordel. Je ne sais pas pourquoi il éparpille des bouts de serviette déchirés, des cartons de paquet de clopes avec quelques mots griffonnés dessus, un numéro de téléphone sans le nom de la personne à qui il correspond, un digicode, des gribouillis incompréhensibles... Il ne pourrait pas noter les informations importantes sur un carnet et jeter celles qui ne lui serviront plus ? Non, il faut qu'il sorte ces papiers de ses poches et les pose n'importe où, sur le frigo, sur la bibliothèque, sur la table, devant l'ordi, et même sur la chasse d'eau ! Alors que je me fais chier à essayer de tenir notre appartement propre. Attention, je ne suis pas maniaque. Contrairement à Pénélope, je me fous que la vaisselle ne soit pas faite directement après le repas et je laisse volontiers les miettes sur la table le soir – elles ne sont jamais venues troubler mon sommeil. Mais, sachant que je n'aime pas vivre dans le bordel, Milan pourrait faire un effort, c'est pourtant pas compliqué d'aller jusqu'à la poubelle jeter un papier froissé. C'est comme le fromage : après s'en être coupé un morceau, il n'est pas foutu de replier le papier autour, il balance le calendos n'importe où dans le frigo et le laisse se dessécher. On s'est engueulés un millier de fois à ce sujet, mais rien n'y fait. Quand on était encore ensemble, j'en aurais pleuré : c'est moi qui faisais les courses, car lui n'a jamais de thune, et dès qu'il touche sa paie, il s'empresse d'acheter des conneries hors de prix, bouteilles de vieux rhum à quarante euros pour apporter à des soirées, vinyles ou BD de collection, si bien que la nourriture, c'est moi qui m'en charge. Je prends soin d'acheter des fromages qu'il aime, et lui, quand il les laisse dépérir au frigo, c'est comme s'il me crachait à la gueule.

Et je ne parle pas des câbles des ordis, des claviers, de la carte son, des racks d'effets, des platines vinyle et CD, qui courent partout dans le salon et retiennent les poils de Pablo Escobar... quand je ne me prends pas les pieds dedans. Ce serait aussi simple de faire passer ces câbles derrière les meubles, mais c'est comme l'emballage du fromage : il n'y songe pas. Je n'arrive pas à me souvenir si, au début de notre relation, il faisait des efforts pour m'être agréable, ou si j'étais plus indulgente, me disant que s'il n'avait pas la tête à ces considérations bassement domestiques, c'est parce que c'était un artiste, un musicien bourré de talent...

L'appartement est laid, un peu poussiéreux, dans les tons beiges. Même quand il est propre et rangé, il a l'air minable à cause des rayonnages de vinyles aux pochettes jaunies qui remplissent les pièces jusqu'à la gueule. Pour parfaire l'ambiance, les fenêtres donnent sur une rue étroite avec un vis-à-vis qui nous prive de soleil – mais offre une vue imprenable sur le voisin d'en face qui passe le balai en caleçon. J'ai l'impression de vivre un crépuscule permanent dans une boutique de disques et BD d'occasion.

Après avoir mis de l'ordre dans la boutique et m'être fait un thé Détox dans la théière japonaise en fonte, je mets un album des Kills et vais sur Facebook. Message de Bastien : « Ce soir on se retrouve au Chanzy avec le reste de la rédac vers 19 heures pour un pot d'avant les vacances... Si ça te dit de te joindre à nous, tu es la bienvenue. xoxo. » J'en tousse ma gorgée de thé dans ma main. « Avec le reste de la rédac »... Ça veut dire que le photographe sera là.

Il y a à peine une semaine, je pleurais au Leclerc espace culturel, persuadée de ne plus jamais le revoir. Je n'avais rien tenté pour me rapprocher de lui, me refusant à faire voler en éclats sa vie, sa femme, ses trois gosses. Même si lui, sans le savoir, a fait voler ma vie en éclats – mais peut-être qu'elle en avait bien besoin. Et, alors que je n'ai rien demandé, ce message de son pote qui m'invite à boire des coups. Il sera au Chanzy ce soir. C'est tellement tentant...

Mais je n'irai pas. Je suis adulte, je ne pique pas les hommes mariés à leurs épouses. J'ai vécu le divorce de mes parents quand j'avais cinq ans, je ne tiens pas à faire subir la même chose à trois pauvres gamins. D'un autre côté, si leur père a envie de coucher avec moi... quelque part, c'est son problème. Si son couple bat de l'aile, je n'y suis pour rien. S'il ne trompe pas sa femme avec moi, il le fera tôt ou tard avec quelqu'un d'autre. Alors, autant que ce soit moi. Après tout, « *When love comes so strong, there is no right or wrong* », comme dit la chanson de *West Side Story*.

Je me lève d'un bond, propulsée par l'adrénaline, et je fais les cent pas entre la table basse Ikea et le canapé tout abîmé par les griffes du chat.

Oh non, merde, je ne vais pas recommencer. On en a déjà discuté, avec moi-même, et on s'était mis d'accord. Ce n'est pas du *love* qui *comes so strong*, ça n'existe pas, c'est bon pour les comédies musicales des années cinquante et pour les ados fleur bleue... Ridicule. Je me force à me rasseoir. Je devrais répondre au message de Bastien, lui dire que merci beaucoup, mais j'ai un autre engagement. Oh, pas tout de suite. Sans m'en rendre compte, j'ai ouvert un nouvel onglet et suis allée pianoter «*West Side Story*» sur YouTube. «*Tonight, tonight...*»

Non, rien du tout *tonight*. Je suis adulte, on a dit.

Quoique... Les adultes sont-ils *vraiment* censés regarder des vidéos de ce putain de *West Side Story*? En me levant d'un bond tout à l'heure, j'ai ressenti une impression familière. Tout est revenu, toutes les fois où je me suis levée de cette façon, sans l'avoir décidé, sous l'impulsion d'un sentiment exaltant. Être amoureuse. Cette sensation magique. J'irai ce soir.

Je passe dans la chambre, j'ouvre l'armoire. Qu'est-ce que je vais me mettre? Dans trois livres que j'ai lus récemment, un même détail m'a frappée: au moment où le narrateur rencontre la fille dont il va tomber amoureux, celle-ci porte une robe blanche. Symbole de féminité et de pureté, de fragilité.

Voilà, j'ai tout faux depuis le début. Je n'ai porté de robe blanche qu'une seule fois dans ma vie, pour ma communion. Personne n'avait, à ce moment, décidé que j'étais la femme de sa vie – mais j'avais huit ans. Je mets rarement des robes, seulement l'été, quand il fait si chaud que mariner dans un jean devient inconfortable. Je n'aime guère les jupes, à cause des regards qu'elles suscitent dans la rue. Je me demande comment font les filles qui en portent souvent, et des courtes, avec des talons ; elles doivent prendre le taxi, ou ne sortir qu'accompagnées. Ou alors elles ont appris à supporter le regard des mecs moches sur leurs jambes, elles se moquent de se faire arrêter toutes les deux minutes par des « Wesh mademoiselle, z'êtes bien charmante » ou, plus poétique, « Hé la miss, tu veux voir mon pénis ? ». Je n'ai pas atteint leur degré de sagesse : ça me met hors de moi, j'ai envie de m'inscrire à la boxe rien que pour pouvoir coller mon poing dans la gueule de ces types. Du coup, mon armoire est dépourvue de robe blanche.

Pourtant, l'idée d'en acheter une commence à faire son chemin dans ma petite tête, contre mon gré et ma raison. Je chasse cette idée comme on éloigne d'un geste de la main une mouche envahissante, et je retourne devant l'ordi regarder la page Word qui ne contient que deux mots : « Madame, Monsieur. » Mais l'idée d'aller faire les boutiques pour trouver une robe blanche revient sans cesse, comme les mouches : ça doit être une idée de merde. Ce qu'on peut être couillonne, quand on est amoureuse. Je me relève, rageuse, interrompant la non-rédaction de ma lettre de motivation parce que j'ai repensé à la robe. Je secoue la tête, je peste, me battant avec ma dignité. Non mais une *robe blanche* ! Pourquoi pas des plumes dans le cul, pendant qu'on y est. J'arpente le salon en me traitant de conne. Pablo Escobar, vautré sur son coussin, me regarde en rigolant.

Je retourne à la penderie, en extrais ma petite robe noire, porte le cintre à bout de bras. J'ai seize ans. Je me sens vivante. « *I feel pretty, oh so pretty...* » Eh mais. Attendez : si les collègues m'ont tous vue en jean et T-shirt pendant des mois, et que d'un coup je me pointe en robe, ils vont forcément se douter que je cherche à le séduire... Ça ne va pas du tout. Soyons adulte. Je n'irai pas.

Mais être adulte, c'est quoi, au fait ?

Vers une ébauche de définition de l'adultitude (ou adulterie ?)[1]

« Je me disais que jeter ma voiture du pont pourrait bien être la meilleure réponse face au sentiment de vide écrasant et éperdu que me donnait le simple fait d'être moi. Une réponse dramatique, bien sûr. J'étais un gosse. Plus tard dans ma vie, je m'imaginerais plutôt utiliser un flingue. Pas vraiment aussi romanesque que de sauter d'un pont dans sa ville natale. Ça donne une idée de mon évolution. Ces dernières années, le plus souvent, je pense aux médicaments. Les trucs dramatiques, c'est pour les gosses. Je suis adulte aujourd'hui. »

La définition de l'âge adulte que donne Mark Oliver Everett dans son autobiographie *Tais-toi ou meurs* n'est pas dénuée de bon sens. Et, selon cette définition, je suis adulte

1. Existe-t-il un nom validé par le dictionnaire pour désigner le fait d'être adulte ? On dit bien « coolitude » ou « branchitude », donc pourquoi pas « adultitude » ? D'un autre côté, dans la mesure où l'âge adulte me préoccupe précisément parce que je suis tombée amoureuse d'un type marié qui a trois jeunes enfants, alors que j'étais moi-même en couple, je trouve que le terme « adulterie » conviendrait mieux.

depuis que j'ai treize ans : j'avais tenté de me suicider à l'aide d'une grande quantité de Doliprane, d'ibuprofène et de Siligaz (petites gélules orange contre les ballonnements, qui facilitent l'évacuation de l'air contenu dans les intestins. Résultat, j'avais passé la journée du lendemain à retenir mes pets).

Il y a aussi ce passage du roman *Superstars* d'Ann Scott, où Jessie, la djette techno, demande à ses amies : « Eh, sans déconner, c'est quoi pour vous être adulte ? Mon père y me prend la tête à me dire que deejay c'est pas un truc d'adulte. » Ce à quoi Louise répond qu'être adulte, c'est « être capable de terminer un repas sur du salé, savoir conduire et porter une montre avec l'heure exacte ».

Pour ce qui est de terminer le repas sans dessert, je suis adulte depuis ma naissance, je n'apprécie pas le sucre. Conduire, le bilan est mitigé : j'ai mon permis depuis mes dix-huit ans, mais n'ai plus touché à un volant depuis mon arrivée à Paris (il est donc probable que je ne sache pas conduire). Quant à la troisième condition, elle est devenue caduque, comme les cabines téléphoniques, depuis que les smartphones indiquent l'heure.

Dans le roman, Louise ne remplit aucune de ces trois conditions. Elle a trente et un ans. Moi aussi.

Voulant en savoir plus sur la définition de l'adultitude (ou adulterie), je me suis rendue à la bibliothèque municipale et j'y ai trouvé, si ce n'est une réponse, au moins un petit essai contemporain intitulé *Les femmes sont des adultes comme les autres,* écrit par un certain Pierre-Henri Tavoillot, qui parle d'« adolescence interminable » et de « crise de l'âge adulte ». Ou, plus précisément, d'une « redéfinition de la figure de l'adulte, qui s'inscrit dans un véritable bouleversement de l'économie générale des âges de la vie». À la bonne heure! C'est pas ma faute si je ne parviens pas à atteindre (ni à commettre) l'adulterie: c'est la société qui m'a rendue comme ça.

Mais pour que redéfinition de la figure de l'adulte il y ait, il faut au préalable en établir une définition. Qu'est-ce qu'un adulte (bon sang de bois, à la fin)? Léon Bourgeois, homme politique, donnait en 1894 la réponse suivante: «C'est un père de famille, un soldat, un citoyen.» OK, inutile de s'obstiner, même avec la meilleure volonté du monde je ne serai jamais père de famille.

Poursuivant la quête d'une définition, le livre nous apprend que, lorsqu'on demande à des gens s'ils se sentent adultes, on obtient des réponses très différentes: «Non, jamais. Je ne veux pas me sentir adulte. Moi, je préfère être libre, rester ouvert.» Ou alors: «Adulte? Hélas, non. Je vois le chemin qu'il me reste à parcourir.» Qu'aurais-je répondu si on m'avait posé la question? Probablement quelque chose comme: «Non, et je suis très bien ainsi; j'aimerais juste que mes amis cessent de pondre des mouflets partout, plop plop plop, et reviennent avec moi draguer dans les bistrots.» (Tout bien réfléchi, je devrais ajouter: «Et que mon foie jouisse d'une jeunesse éternelle.»)

Toujours selon le livre, quand on demande ensuite à d'autres gens: «À quel âge vous êtes-vous senti adulte?», les réponses sont de cet acabit: «le jour de la naissance de mon premier enfant» (les enfants sont décidément très envahissants), ou «le jour de la mort de mes parents», «le jour où j'ai dit non» ou encore «le jour où j'ai compris que je pouvais me débrouiller seul».

Le livre conclut : « L'entrée dans l'âge adulte s'est déconnectée des rites de passage, mais sa signification reste très commune : le premier emploi stable, l'installation dans la vie de famille, la naissance du premier enfant constituent les marqueurs du basculement dans l'âge adulte. »

Il semblerait que l'auteur de ce livre soit parisien : il a oublié de parler du permis de conduire.

Souhaitant vérifier que les gens donnent bel et bien ce type de réponses, j'ai posté ceci sur Facebook : « Pour vous, c'est quoi être adulte ? » Franc succès, j'ai obtenu douze commentaires en moins d'une heure.

François : « Le permis de conduire. »

Alléluia ! Il était revenu !

Hélène : « Ah bon ? Faut être adulte un jour ? »

François : « Pour conduire oui, pour le reste non. »

Isabelle (dont l'avis est partagé par Virginie et Thierry via des likes) : « Mfff... Ne pas arrêter les conneries, mais savoir qu'elles auront des conséquences et apprendre à les gérer. »

Est-ce que ça veut dire « coucher avec des photojournalistes mariés mais savoir gérer le fait d'avoir brisé une famille et d'être dans une relation compliquée » ? Dans ce cas, je ne gère rien du tout. Ce qui nous amène à la définition donnée par Syd : « La résignation. » Arf.

Pour Laurence, être adulte c'est « gérer les merdes au lieu de chouiner ».

Vu que je ne gère que dalle et qu'en plus je n'arrête pas de chouiner devant des poules à roulettes, l'objectif est loin d'être atteint. Il faudrait que je lui demande le mode d'emploi en MP.

Matt, lui, ramène le schmilblick à son point de départ : « Être adulte, c'est ne pas faire de gosses alors que les autres en font. » En plein dans le mille, Émile.

Sylvain, lui, dit : « C'est ne surtout pas se poser cette question ! »

Thierry : « Ne plus se poser la question ? »

Gwenn : « Ne plus se poser de questions ! »

Julie : « Être adulte n'est sûrement pas une fin en soi. À partir du moment où on atteint une sorte d'acceptation de soi et de liberté, on avance sans se poser ce genre de questions. »

Belle philosophie. Mais le mot de la fin revient à Laure : « Être adulte, c'est aller en taule quand on se tape des mineurs. »

Décidément, je ne suis pas adulte : je me pose plein de questions et, jusqu'à présent, aucun mineur ne s'est plaint de mes services, pas même à la maréchaussée. (Je plaisante, bien sûr : la dernière fois que j'ai couché avec un mineur, j'avais vingt-cinq ans. Je ne fais plus ce genre de choses immatures : les mineurs sont généralement ravis de partager la couche d'une femme plus âgée qui leur fait découvrir nombre de pratiques sexuelles, mais une fois qu'ils ont bien appris leurs leçons, ils vous quittent pour aller faire étalage de leur nouveau savoir dans le lit d'une jeune fille encore plus mineure qu'eux.)

Je décide donc de commencer mon long chemin vers la maturité en allant me coucher, sans me poser d'autre question que de savoir s'il faut que je nettoie la litière du chat maintenant ou si ça peut attendre le lendemain. La réponse à cette question-là est facile, c'est la même que pour bien d'autres : ça peut attendre.

Cette journée d'investigations se conclut donc ainsi : être adulte c'est, après avoir renoncé à sa dernière chance de revoir l'homme marié dont on est tombée amoureuse, remettre les tâches ménagères au lendemain. C'est ma mère qui serait fière...

Le soir où je me suis appelée Camille

Comme beaucoup de malchanceuses nées au début des années quatre-vingts, je m'appelle Julie. Un prénom à la con, un peu moche et, surtout, dramatiquement répandu. Je n'ai jamais aimé la sonorité du « u », toujours un peu ridicule, turlututu, chapeau pointu. Et puis, mon Dieu, les prénoms qui se terminent en « ie », il n'y a que ça parmi les filles de ma génération. Il y a quelque chose d'intriguant dans les prénoms dont les gens affublent leurs mouflets selon les modes. Pourquoi une mère décide-t-elle d'appeler ses deux fils Enzo et Mattéo quand 1) elle n'a ni origines italiennes ni intérêt particulier pour ce pays (à part la sauce Buitoni, tellement pratique, il n'y a qu'à ouvrir le pot et verser sur les pâtes) et 2) ces deux prénoms sont les plus donnés cette année-là ? Les gens sont donc à ce point moutonniers ?

Ma génération, c'étaient les Aurélie, Virginie, Élodie, Émilie, Julie, nous venions dix ans après les Stéphanie, les Sophie et les Nathalie. Il y avait toujours deux Aurélie, trois Julie et quatre Émilie par classe à l'école, une vache n'y aurait pas retrouvé son veau. Encore maintenant c'est compliqué, avec mes copines il y a des quiproquos : « Tu sais quoi ? Émilie est enceinte !

— QUOI ? Mais… Hein, comment c'est possible, je l'ai vue la semaine dernière, elle m'a dit qu'elle n'avait plus baisé depuis l'ère Chirac…

— Ah mais t'as vu quelle Émilie, celle qui est partie en Espagne ?

— Mais non, Émilie-la-petite !

— Ah mais non, moi je te parlais d'Émilie-la-femme-de-Fabien… »

Nos parents n'avaient vraiment pas grand-chose dans le crâne.

En plus d'avoir un prénom qui ne veut rien dire, mon nom de famille c'est Mercier. Julie Mercier. Après trente et un ans passés sur Terre, je suis encore surprise de porter un nom aussi banal. C'est celui qu'un écrivain donnerait à un personnage particulièrement insignifiant de son roman pour souligner son côté plat, nunuche. Julie Mercier, on se la représente brave fille, avec des lunettes, des cheveux châtain filasses et des petits seins, secrètement amoureuse du plus beau garçon du lycée, condamnée à le regarder rouler des patins à Cassandre de Beauregard à la récré.

À l'adolescence, désireuse de passer du côté Cassandre de la Force, j'ai décidé de me faire appeler autrement. J'aurais voulu avoir un prénom classe d'héroïne inaccessible, Ambre par exemple, ou Pénélope, comme ma meilleure copine qui avait sacrément de la chance. Mais je ne pouvais pas me pointer un matin au collège et annoncer :

« Bonjour, à partir de maintenant je m'appelle Ambre, oubliez Julie. » Déjà que je n'étais pas très populaire, ce genre de déclaration m'aurait valu au moins un siècle de vannes plus ou moins drôles, blessantes dans tous les cas.

J'ai donc opté pour une sorte de diminutif : Jul (prononcez « Djoul »). Ça pouvait passer pour un surnom qu'on m'aurait attribué – bien sûr, personne n'avait assez d'affection pour moi pour me donner un surnom ; j'avais donc fait preuve d'autonomie en me surnommant moi-même. Jul, c'était pas mal, ça sonnait américain, rock'n'roll. Au début, obliger les gens à m'appeler comme ça a été difficile mais, les années passant, j'ai perdu de vue ceux qui connaissaient Julie, et à force de me présenter comme Jul à chaque nouvelle personne que je rencontrais, j'ai réussi à imposer le nom que je m'étais choisi.

Passé l'âge de vingt ans, les trous dans les jeans et les teintures pour cheveux Expression (« des reflets intenses qui s'estompent en six shampoings » – en réalité, ils s'estompaient en deux lavages), j'ai commencé à trouver mon surnom vaguement nul, mais le pli était pris. Je n'avais plus d'admiration particulière pour les prénoms arty ou aristo qui m'avaient tant fascinée ; je les trouvais à présent prétentieux. J'aimais mieux les plus classiques Claire, Élisabeth ou Camille. Je me suis d'ailleurs appelée Camille l'espace d'un soir, pour pouvoir entrer gratos dans une boîte de nuit des Champs-Élysées. Des potes qui avaient un groupe garage donnaient un concert dans cet endroit improbable, le Man Ray. Je ne sais pas comment ils avaient obtenu ce plan, d'habitude ils jouaient dans des caves un peu crasseuses, mais le garage rock, revenu à la mode au début des années 2000, commençait avec cinq ans de retard à intéresser les gens chics du huitième arrondissement. Enfin, ça ne les intéressait pas non plus *tellement*, vu qu'en deuxième partie de soirée il y avait Bob Sinclar qui mixait, mais revenons-en à mon prénom. Mes amis musiciens m'avaient proposé quelques jours à l'avance de mettre mon nom sur la liste des invités, mais je ne savais pas si je pourrais venir. Ils avaient fait la même proposition à un mec qui s'appelait Camille, qui hésitait lui aussi. Le nombre d'invités étant limité, et Camille étant un prénom unisexe, on avait décidé d'inscrire Camille. Au cas où je décidais de venir, je prétendrais m'appeler Camille, ça ne poserait pas problème. C'était en décembre, il faisait un froid de chien, une longue file d'attente s'étendait devant la boîte. Arrivée devant le physio et son talkie-walkie, j'annonce fièrement : « Je suis sur la liste.

— Quel nom ?

— Camille !

— Camille comment ? »

Ah merde. Je n'avais pas la moindre idée du patronyme de Camille. D'habitude, on ne note que les prénoms sur la *guest list*. J'ai roulé des yeux effrayés : « Attendez un instant monsieur, je vais passer un coup de fil. »

Le vigile est resté imperturbable. L'ami que j'essayais de joindre était déjà à l'intérieur, son portable sur messagerie – on n'a jamais de réseau dans ces foutues boîtes parisiennes. Alors que j'essayais d'appeler quelqu'un d'autre, le Black, trouvant le temps long, a redemandé : « Mais vous vous appelez Camille *comment* ?

— Comment voulez-vous que je le sache ?! »

C'était sorti tout seul.

Le batteur du groupe, qui passait heureusement par là, m'a sortie de ce mauvais pas. Ensuite on en a bien rigolé, dans le carré VIP. J'ai moins ri quand, reconnaissante, j'ai décidé de payer un verre à mon sauveur, et découvert que la Heineken trente-trois centilitres coûtait huit euros.

Bref, je ne m'appelle pas Camille, j'ai trente et un ans et je vis dans le treizième, près de la place d'Italie, côté Gobelins, dans une petite rue à nom de peintre. Un quartier pas spécialement riant, mais qui n'a rien d'horrible. À la question « qu'est-ce que tu fais dans la vie ? » je réponds généralement « pas grand-chose », ce qui a pour effet que mon interlocuteur me lâche rapidement la grappe – ça m'arrange, car ma situation professionnelle, j'aime pas trop en parler. Je suis hôtesse d'accueil chez un éditeur de presse. Un boulot de lose. Pour beaucoup, les hôtesses sont de pauvres filles incultes, sinon elles ne feraient pas ce boulot.

Ma mère aurait voulu que je sois fonctionnaire ; idéalement institutrice, pour avoir les vacances, sinon employée chez EDF car, pour une raison opaque, elle a décrété que c'était le boulot le plus peinard du monde, avec l'électricité gratos et, en sus, la sécurité de l'emploi – critère le plus important à ses yeux. Naturellement, j'ai suivi la voie inverse : j'ai décidé d'être photographe.

Tranquillement débarquée à Paris depuis mon lycée de Clermont-Ferrand, la fleur à l'objectif, à peu près convaincue d'avoir du talent, j'ai foiré le concours des Gobelins. Pas le bon bagage culturel (les autres candidats semblaient tous enfants de photographes), un matériel trop bon marché, pas assez pointu, des connaissances techniques limitées...

Je pensais apprendre cela à l'école, j'ignorais qu'il fallait déjà tout savoir pour y entrer. Alors, j'ai compris que ça n'allait pas être facile. Échouée dans une improbable université qui avait le mérite d'offrir un accès illimité au labo photo, je me suis formée au tirage noir et blanc, sous l'ampoule rouge et sur le tas. J'ai traîné mes Dr. Martens dans les concerts pour photographier les musiciens sur scène. C'était cool, les groupes peu connus étaient ravis qu'on s'intéresse à eux, ils se servaient de mes images pour leurs affiches et flyers, je pensais que grâce à cela j'allais me faire connaître. Hélas, ça ne fonctionne pas ainsi... Aux yeux des groupes et de leurs labels, je suis surtout passée pour la meuf à qui il suffit de faire deux ou trois compliments pour qu'elle bosse gratos. Quand, parfois, une de mes photos était publiée dans la presse musicale, on me demandait mon autorisation gracieuse et on oubliait une fois sur deux de me créditer – pas l'idéal pour « se faire un nom dans le métier ».

Parallèlement à cela, parce qu'« il faut bien manger », comme on dit (même si en réalité on mange des raviolis Leader Price, donc on mange mal), j'ai alterné petits boulots et longues périodes de chômage. J'ai travaillé en labo photo : d'abord pour des professionnels, avec de beaux agrandisseurs Leitz, puis derrière une machine automatisée, à développer des pellicules entières de mariages ou de bébés, puis je me suis contentée de vendre aux gens travaux photo, appareils et albums à la Fnac, puis je n'ai plus rien fait du tout. Belle petite descente de l'échelle sociale due à l'explosion du numérique qui engendra la fermeture des labos photo et le désespoir de ma conseillère ANPE. Je n'ai jamais pu me résoudre à « faire les mariages », seule activité qui rapporte encore de l'argent aux photographes ayant foiré un truc : si je sèche les mariages de mes amis, c'est pas pour aller assister aux noces d'inconnus. Je préférais vivre du chômedu et passer mon temps à des concerts ou dans des bars avec des musiciens. Arrivée en fin de droits, j'ai pris le premier job venu : hôtesse d'accueil.

Comme un lundi

C'est le boulot le plus répétitif et ennuyeux du monde. Tous les matins, j'ai l'impression d'être dans ce film avec la marmotte, où Bill Murray se réveille tous les jours avec *I Got You Babe* de Sonny & Cher pour se découvrir bloqué dans la même journée. Les événements se répètent à l'identique, jour après jour. Accomplir les mêmes gestes, machinalement.

8 h 45. Enlever le manteau, allumer l'ordinateur, m'apercevoir grâce à l'ordinateur que je suis en retard (en réalité il est 8 h 53 – je ne sais pas comment je me débrouille, mais j'arrive tous les jours à 8 h 53), chercher les clefs de l'armoire, trouver les clefs de l'armoire, ouvrir l'armoire, sortir mon listing téléphonique de l'armoire, allumer le téléphone, aller chercher les journaux dans la boîte aux lettres, distribuer les journaux dans les casiers de leurs abonnés, me faire couler un cappuccino, m'installer, consommer le cappuccino.

9 h 05. Les quatre types du service Internet franchissent la lourde porte, m'adressent un vague hochement de tête et

vont à la machine à café. Trois armoires à glace flanquées d'une crevette, c'est marrant ce tout petit bonhomme toujours accompagné de trois rugbymen, on dirait qu'ils sont ses gardes du corps. Cinq minutes plus tard, ils repassent en sens inverse, gobelets en plastique marron à la main.

9 h 12. C'est au tour des trois filles des abonnements, les divas du tableur Excel. Il y a Cynthia, la bimbo sportive qui s'est fait refaire les seins, queue-de-cheval blonde hochant de droite à gauche au gré de ses pas martiaux, poitrine dure et immobile. Elle a du mal à dire distinctement « bonjour » parce qu'elle ne m'aime pas. Géraldine encore endormie, qui fait invariablement la gueule. Et Nicole avec son faciès de rongeur, toujours de bonne humeur sur ses talons aiguilles dont elle imagine qu'ils dissimulent le fait qu'elle est désespérément basse du postérieur. Avec elle, c'est un « Salut Juliiiie, tu vas bieeen ? » tonitruant, qu'elle lance sans attendre de réponse.

9 h 15. J'ai droit à l'assistante de rédaction du magazine de jardinage, seule dans son nuage de parfum Chanel. La cinquantaine, tirée à quatre épingles, mèches blondes au brushing impeccable, toujours vêtue de beige et de blanc, large sourire figé comme si on lui avait tiré la peau des joues, du rouge à lèvres sur les dents. Elle a l'habitude d'assortir son « Bonjour Julie, comment tu vas ? » prononcé d'une voix douce d'un commentaire gentil sur ma tenue, ma coiffure ou mon maquillage. « Oh, tu t'es fait des yeux de biche aujourd'hui, ça te va très bien. Le courrier est-il passé ? »

9 h 17. Arrive Roland : « Han, un ange ! » Tous les matins il dit ça en entrant, poussant son chariot. « Han, j'ai ouvert la porte du paradis ! » continue-t-il en zézayant. Le cotorep

qui distribue le courrier. En forme de poire, ventre énorme et petit crâne dégarni. Sur sa tempe, une cicatrice ; selon la légende, il aurait pris une balle quand il était à l'armée, qui aurait endommagé ses facultés cognitives. Bien plus intelligent qu'on ne le pense, il sait que sa supposée folie lui autorise toutes les fantaisies. Il chante faux et fort en distribuant le courrier, et a toujours un compliment extravagant à sortir de son chapeau quand il voit un individu de sexe féminin. Nous, les hôtesses, sommes pour lui des anges, alors forcément, quand il entre et nous trouve, il a poussé la porte du paradis. J'aime bien Roland, il apporte une brise fraîche dans ce bal de faux-culs.

9 h 23. La petite commerciale sexy du magazine d'équitation déboule, enjouée. Fille Duracell, souriante et bondissante qu'il pleuve, neige ou vente. « Han, Delphiiiine, quel beau sourire ! Han j'aime les femmes, vive les femmes ! » s'écrie Roland en la voyant. La commerciale remercie, fait mine d'être flattée par le compliment alors qu'il le lui sort tous les matins.

9 h 30. Christian, du magazine consacré au camping-car, passe me prévenir qu'il attend un colis. Comme tous les gens qui ont mauvaise haleine, il a la manie de mettre son visage tout près du vôtre quand il vous adresse la parole, et lorsque vous vous reculez pour échapper aux effluves, il se rapproche. Misère, il attend tous les jours un truc, il commande sans arrêt des bouquins sur Amazon. Il a beau savoir depuis des années que lorsque je reçois un colis, j'en avertis immédiatement le destinataire – ça fait partie de mon palpitant boulot –, il s'acharne à venir me signaler qu'il va recevoir une livraison. Frédérique, des petites annonces, me prévient elle aussi ; ça arrive une fois

par mois et par UPS, elle se fait livrer des croquettes vétérinaires pour son chat.

Le même scénario, tous les matins, depuis plus de trois ans. Quoique. Des différences bien tangibles existent. Le coursier d'Exapaq, qui ressemble à Saddam Hussein et a toujours l'air furieux sans qu'on sache pourquoi, arrive parfois avant celui d'UPS ; d'autres jours, il se pointe l'après-midi. Et quand, le lundi, j'use de la sempiternelle formule de politesse « comment ça va ? » on me répond en soupirant : « Bah, comme un lundi... » Le vendredi en revanche, à la même question, j'obtiens des réponses enjouées : « Oh ben oui, c'est vendredi ! » Au moment de l'élection d'Obama, j'ai même eu droit à un « Yes, weekend ! » Un mercredi, on m'a un jour répondu : « Oh bah, ça va comme un mercredi...

— Euh... et c'est comment le mercredi ?

— Un peu mieux que le mardi, mais moins bien que le jeudi ! »

Outre réceptionner les livraisons et accueillir les visiteurs – attachés de presse, annonceurs et parfois, pour le bonheur de la gent masculine, mannequins venant à un casting pour les pages mode du magazine féminin –, j'appelle les taxis et commande les coursiers, je fais intervenir des techniciens en cas de panne d'ascenseur, d'imprimante, de machine à café, de clim et j'en passe, j'assure le standard téléphonique et gère les badges d'accès au bâtiment. Le matin, le téléphone sonne sans discontinuer, les coursiers défilent, les employés viennent chercher leur courrier et se plaindre que l'ampoule est grillée dans les

W.-C., que le potage à la tomate a un arrière-goût de thé à la menthe ou qu'il n'y a plus de Kinder Bueno dans le distributeur.

Ce lundi matin, au moment d'aller chercher mon cappuccino, je stoppe net à l'entrée de la cuisine. S'y déroule une bataille rangée entre l'approvisionneur des machines à café et les femmes de ménage. Ça fait un moment qu'elles se plaignent parce qu'il refuse de leur payer des cafés alors que l'approvisionneur précédent, lui, leur en offrait tous les matins. Le type tatoué, blouson en jean sans manches, coupe mulet et anneau à l'oreille, se débat comme un beau diable au milieu des dames noires ; l'une d'elles, la petite, lui tape dessus avec le balai à dreadlocks servant à laver les sols, pendant que l'imposante mama l'a empoigné par les cheveux. Le mulet, quand on se bagarre avec des meufs, ça ne pardonne pas. La jeune toute jolie et bien maquillée en profite pour lui mettre une claque. Ça ne me fera rire que plus tard, quand je réaliserai le comique de la situation. Pour l'instant, il faut intervenir. Je ne trouve rien d'autre à faire que demander d'une voix forte : « Oh, il se passe quoi ? » Ça a pour effet de faire lâcher prise à la grosse, libérant le type qui en profite pour se mettre hors de portée tout en continuant à les insulter. J'annonce que je vais prévenir le responsable du service technique afin qu'il règle le problème, et je tourne les talons. Mon cappuccino devra attendre.

Quand j'arrive à mon accueil, le téléphone sonne déjà.

« Éditions Bacillus, bonjour ?

— Oui allô bonjour, je vous appelle c'est pour piquer des tentes.

— Mmmh... Pardon ?

— POUR. PIQUER. DES. TENTES. Vous comprenez ? (Alors non, pas vraiment.)

— Euh... Vous voulez piquer des tentes *où* ?

— Ben sur vot' terrain, là, à vot' concours de randonnée, là, ou j'sais pas quoi.

— Ah d'accord. Restez en ligne, monsieur, je vous passe les organisateurs de l'événement. »

J'ai à peine raccroché que Marie-Charlotte, la chef du département marketing, passe devant moi et me lance, sans s'arrêter : « L'ascenseur est ENCORE en panne. Vous allez faire quelque chose, un jour ? » Cette bonne femme dépense une somme folle dans un abonnement au Club Med gym pour s'entretenir, mais n'imagine pas une seconde gravir à pied l'unique étage qui sépare son bureau du plancher des vaches. La politesse, comme les escaliers, ne fait pas partie de son univers. Quand on a son standing, on ne s'abaisse pas à dire bonjour aux hôtesses. Je ne relève pas, j'ai l'habitude. À force d'avaler les couleuvres comme des cacahuètes, on n'en remarque même plus le goût.

J'en étais où, déjà ? Ah oui, appeler mon responsable pour qu'il aille négocier des accords de paix entre les femmes de ménage et l'approvisionneur. Qu'il se démerde, ensuite je dois appeler le technicien ascenseurs.

Au début, le job me convenait. Les gens que j'y croisais me paraissaient exotiques, me sortaient un peu de ma routine. Ça changeait des musiciens, photographes et autres oiseaux de nuit que j'avais l'habitude de fréquenter. Ça avait un petit côté rafraîchissant. Je jouais à l'hôtesse comme une petite fille à la marchande. Le temps passant, j'ai fait de moins en moins de shootings, et mes espoirs de vivre un jour de mes photos allaient s'amenuisant. L'accueil est devenu ma routine, et ces gens ont cessé de m'amuser. Le chef de pub du magazine d'équitation qui, chaque fois qu'il rentre d'un déjeuner arrosé, chante *Besoin de rien envie de toi,* quand il n'écoute pas *La Bite à Dudule* à fond sur YouTube, me fatigue au-delà des mots. Son bureau est situé juste derrière l'accueil et il ne ferme jamais sa porte : que du bonheur – c'est le genre d'expression qu'il emploie. Ça faisait six mois que je bossais là quand j'ai rencontré Milan. Nous nous sommes engagés dans une relation sérieuse, j'ai eu vingt-neuf ans, puis trente. Nous avons loué cet appartement sombre et poussiéreux dont le montant du loyer, pour un couple de smicards, équivaut aux yeux de la tête et la peau des fesses réunis. Je ne pouvais plus me permettre de claquer la porte et vivre des allocations chômage, comme je l'avais fait plus jeune. J'étais condamnée à travailler, et la durée indéterminée de mon contrat me donnait le vertige. J'avais peur de devenir comme tous ces gens tristes et fatigués qui passent leur semaine à attendre le week-end ; je ne voulais pas de cette vie-là. Je me sentais piégée.

La bonne nouvelle, si on peut appeler cela ainsi, c'est que le piège s'est brusquement rouvert : mon mois de préavis tire à sa fin. J'ai été virée.

Au Chanzy-Lizzy

C'est à l'accueil que j'ai rencontré le photographe. Je ne l'avais même pas remarqué, au début. Comme il était pigiste et passait rarement à sa rédaction, il ne possédait pas le badge d'accès à nos locaux. Discret, il ne venait pas m'emmerder pour que je lui ouvre la porte : avec son portable, il appelait quelqu'un du journal qui venait le chercher à l'entrée. Passant en vitesse devant l'accueil, chargé d'un gros sac dont dépassait un téléobjectif ou un trépied, il m'adressait un timide signe de tête. Je n'avais d'yeux que pour le téléobjectif, essayant d'en découvrir le modèle, aussi n'avais-je jamais prêté attention à son visage. Comme il ne m'avait jamais parlé, je ne pouvais pas savoir que sa voix était sexy.

Au bout de trois ans passés dans cette entreprise, je connais tout le monde. Si mes relations sont généralement tendues avec les gens des régies pub, du marketing ou des ressources humaines, je m'entends bien avec les graphistes et les journalistes. Je déjeune régulièrement avec l'équipe du magazine animalier destiné à la jeunesse, ils ont des conversations intéressantes, parlent de voyages, de culture, me donnant des idées de films à aller voir. Il y a même des gens que je considère comme des amis, dont Hind, secrétaire de rédaction chez *Nature & Environnement,* fan de Blondie et d'Amy Winehouse. Elle a nommé son chat Schrödinger, ce qui en dit long sur son sens de l'humour. Mariée et mère d'une petite fille, elle est néanmoins tout le temps dehors, fumant en terrasse, prompte à lever le poing en chantant la première phrase de *L'Internationale* (elle ne connaît pas la suite) après quelques verres. Formes généreuses, cheveux et yeux de jais, elle a toujours le sourire, et le verbe aussi haut qu'elle lève le coude, ce qui contraste avec son boulot studieux consistant à vérifier les infos et corriger les fautes d'orthographe dans les articles. Avec elle et sa collègue Gaëlle, on a instauré un rituel : le lundi, c'est permis. Tous les lundis après le boulot, on va boire deux ou trois (ou quatre, ou cinq) verres au Chanzy-Lizzy, un bar situé à quelques centaines de mètres de nos bureaux, dans la rue Chanzy. On s'était dit que l'épreuve de se lever le lundi pour attaquer une semaine de boulot était si déprimante que la perspective de boire un apéro entre amies nous aiderait à la surmonter. Au départ de cette initiative, il y avait Hind, Gaëlle et moi. Le troquet se trouvant sur le chemin qu'empruntent la plupart de nos collègues pour aller prendre le métro, certains, nous ayant vues à la terrasse, nous rejoignaient. On était à présent une douzaine à se retrouver là-bas. Les lundis, dès 17 h 30, on commençait à entendre des gens chanter dans les couloirs « Au Chanzy-Lizzy, pa-la-papa-pap/Au Chanzy-Lizzy... » sur l'air de Joe Dassin. Il y avait Alexandre, journaliste-essayeur au magazine de bagnoles, qui ne me parle plus depuis que j'ai séché son mariage. Mélanie, assistante au magazine féminin, qui est enceinte et m'a récemment proposé du lait à l'apéro (les gens changent...), et d'autres encore, bossant majoritairement à *Nature & Environnement*. C'est ainsi que je me suis retrouvée invitée au pot de départ de leur maquettiste, que je ne connaissais pas bien car elle venait en voiture et ne passait donc pas devant notre bar.

C'était un vendredi de janvier. J'étais nerveusement fatiguée, à tel point qu'à un interlocuteur téléphonique qui voulait écrire à *TV hebdo,* j'avais dit d'adresser son courrier à M. Ramirez.

« Ramirez, vous l'écrivez comment ?

— Comme Twiggy.

— D'accord, très bien, merci. »

Twiggy Ramirez est le bassiste de Marilyn Manson. Je ne suis pas sûre que ce monsieur le sache mais, craignant de passer pour un idiot, il n'avait pas osé me demander de précisions. Il était vraiment l'heure d'aller boire un coup.

Quand je suis arrivée au bout du couloir, dans le grand open space en demi-cercle de *Nature & Environnement,* le pot était déjà bien entamé – les collègues aussi. On avait ouvert les fenêtres pour fumer, la grande table de réunion était recouverte de bouteilles de vins naturels et de fromages bio. L'avantage d'être journaliste, c'est que les producteurs vous envoient un tas de bouffe et d'alcool dans l'espoir que vous écriviez un article sur eux. Ce n'était pas une fête triste : la fille partait suivre une formation d'apiculture, puis s'installer je ne sais où en province pour faire son miel. Marre de la crise de la presse, marre de Paris, marre qu'on lui demande de plus en plus de boulot à mesure qu'on licenciait ses collègues, marre de travailler plus pour gagner pareil. Elle était ravie de partir.

Après avoir goûté plusieurs vins naturels, Hind a déclaré sentencieusement que, par souci de déontologie, nous nous devions de les tester tous. Constatant qu'il ne restait plus de bouteille ouverte sur la table, je me suis mise en quête du tire-bouchon. J'ai fini par le localiser dans la main d'un type que je ne connaissais que de vue. Je ne me souviens pas pour quelle raison on s'est mis à parler ensemble, sans doute parce qu'on était assez mûrs pour discuter même avec un ornithorynque ; comme beaucoup, il était surpris qu'une hôtesse d'accueil se trouve là, et qu'elle soit capable d'avoir une conversation à peu près intelligible. Je lui ai donc résumé mon parcours, la photo, le labo. C'est alors qu'il a décrété : « Il *faut* que je te présente Joël. » Il m'a entraînée par le bras, on a louvoyé entre les groupes de collègues jusqu'à ce qu'il trouve enfin celui qu'il cherchait et me pousse devant lui : « Joël, je te présente Julie, elle est photographe. »

Sur quoi le type nous a laissés, sans raison apparente. La tête du Joël en question me disait vaguement quelque chose. « Ah, mais je sais où je t'ai déjà vu : t'es le mec qui passe de temps en temps avec plein de matos photo !

— Euh, a-t-il répondu timidement, où ça ? Excuse-moi, mais je ne te reconnais pas... Tu travailles aussi pour *Nature* ?

— Non, je suis l'hôtesse d'accueil. Je ne suis pas vraiment photographe, ton pote a un peu exagéré...

— L'accueil... Ici, là, à l'entrée ?

— Oui. Désolée pour le manque de glamour.

— Oh non, ne t'excuse pas... Tu sais, il n'y a pas si longtemps, je bossais sur un péage d'autoroute... C'est moi qui suis désolé de ne pas t'avoir reconnue, mais tu sais, quand je passe ici, je croise toujours un tas de gens que je ne connais pas, alors c'est difficile de se rappeler les visages... »

L'alcool aidant, on s'est lancés dans une grande conversation. Il m'a raconté son parcours de photographe, je lui ai parlé de ma carrière ratée, puis, comme deux types causant de leurs bagnoles, on a eu une discussion sur les techniques de tirage noir et blanc, les agrandisseurs, la chimie, le développement manuel des films dans les cuves – je n'ai jamais eu la patience ni la dextérité requises pour, dans l'obscurité complète, placer la pellicule dans la spire (cette bobine de plastique munie de rails en spirale, dans laquelle on enroule le film), tandis que Joël développait lui-même ses pellicules dans sa salle de bains. Moi, au labo, j'avais une machine, alors je lui ai expliqué comment elle fonctionnait, avec force gestes. Je crois que même le produit anti-poussière qu'on pulvérise sur les négatifs y est passé, ainsi que la difficulté de n'avoir point de poussière sur les films quand il fait froid et qu'on porte un pull en laine (les microfibres volent partout et viennent se coller aux négatifs).

Mes souvenirs étant imprécis et ma notion du temps toute relative, je ne sais combien de temps nous sommes restés là, à parler technique tout en sirotant du vin. J'ai eu l'impression que ça avait duré au moins une heure, au terme de laquelle la salle s'était vidée. De grands sacs-poubelle avaient fait leur apparition, dans lesquels les gens fourraient assiettes en carton et couverts en plastique (parfait pour la sauvegarde de l'environnement). Hind et Gaëlle nous ont rejoint : « Oh les poteaux, on se termine au Chanzy-Lizzy ?

— C'est un bar très sympa, à deux minutes d'ici, ai-je expliqué en voyant Joël froncer les sourcils. Tu viens avec nous ?

— Ah, euh... non, j'aimerais bien, mais j'habite dans l'Oise, il faut que je prenne le RER, a-t-il dit en sortant un vieux téléphone Nokia de sa poche pour regarder l'heure. Merde, il est tard, il faut que je file... En tout cas j'étais content de te rencontrer. »

Hind m'a pincé le bras. J'ai dit « aïe ». Elle et Gaëlle se sont éloignées, ce que j'ai trouvé un peu bizarre.

« Bon ben rentre bien, j'ai dit.

— Merci, toi aussi. À la prochaine ? Promis, cette fois je passerai te dire bonjour. »

Il avait dit ça avec un petit sourire doux, en me regardant bien dans les yeux. J'aimais bien les siens, très noirs, brillants. « OK, ça marche » j'ai répondu avant de lui faire la bise. Alors qu'il s'éloignait pour dire au revoir à un groupe de gens, j'ai remarqué qu'il portait des vieilles Dr. Martens défoncées, un modèle datant des années quatre-vingts, le même genre que j'ai à la maison mais que je ne peux pas porter au boulot, où je dois avoir une « tenue correcte ».

Hakim, en nous voyant débouler dans son bar, s'est écrié : « Eh mais qu'est-ce qui se passe les filles, on n'est pas lundi !

— Hey, le vendredi aussi, c'est permis, a répondu Hind.

— Ben oui, ça rime, a complété Gaëlle.

— Ah okéééé, alors avec vous, si je comprends bien, c'est permis tous les jours sauf le dimanche ?

— T'as tout pigé, Hakim. »

Le patron du Chanzy-Lizzy est à la fois fan de Thin Lizzy et de jeux de mots débiles qui nous font rire. Il a eu l'idée du nom de son bar en voyant l'enseigne d'un salon de thé en Algérie : Sahara Thé. Comme il aime à le dire, « il y a tout ce que vous vouli au Chanzy-Lizzy ». Notamment la Potion Malik, cocktail inventé par son frère qui bosse aussi au bar, à base de jus de mangue, vodka, menthe fraîche et d'autres ingrédients qu'il tient aussi secrets que la recette du Coca-Cola.

« Bon, c'est pas le tout, Hakim, mais on chie du sable, sers-nous donc à boire, ai-je demandé.

— À vos ordres, Mademoiselle Jul ! Tiens, j'ai chopé un nouveau sirop Monin parfum cookie, tu m'en diras des nouvelles. Je te sers un shot vodka-cookie ? »

C'était comme boire une pâtisserie liquide. Quand on s'est assises à une table, pintes à la main, Hind m'a adressé un clin d'œil : « Alors, on a passé la soirée en charmante compagnie ?

— Quoi, avec Joël, le photographe ?

— Ben oui, pas avec l'abbé Pierre. Sexy, hein ?

— Ah bon, tu trouves ? Non, on a juste parlé photo...

— Bon, bon, OK, j'insiste pas... Enfin, moi, si j'étais célibataire, j'en ferais volontiers mon quatre-heures.

— Ah ouais ? Il est sympa, mais je ne le trouve pas spécialement beau. Et moi aussi je suis maquée, je te rappelle. »

Hakim venait de placer un vinyle sur la platine du bar ; la chanson *Maria,* de Blondie, a retenti. J'ai jailli de ma chaise pour aller danser dans le peu d'espace libre entre les tables et la porte des toilettes, Hind m'a suivie. On adore toutes les deux Blondie. « *She doesn't know your name and your heart beats like a subway train, ooh, it makes you wanna die... Maria ! You've gotta see her, go insane and out of your mind...* »

On a fait la fermeture du bar. Quand je suis arrivée chez moi, à trois heures du matin, Milan dormait, lampe de chevet allumée. Encore une de ses manies agaçantes : oublier d'éteindre avant de s'endormir. Ça ne manquait jamais de m'énerver. En me glissant dans le lit, pour la première fois j'ai pensé qu'il était agréable de sortir seule. Je m'étais bien amusée sans lui.

Magazine sur ordonnance

Ça faisait trois ans qu'on vivait ensemble, Milan et moi. On s'était rencontré le plus simplement du monde, je faisais des photos à un concert que donnait son groupe. Il était guitariste. On avait papoté après le show, bu des bières, fumé des clopes ; il m'avait emmenée dans la loge où il y avait du rhum et de quoi rouler quelques joints. J'avais laissé passer l'heure du dernier métro, et m'étais réveillée le lendemain sur un matelas posé dans la cuisine d'un appartement inconnu, ma culotte autour de la cheville, à côté de lui. Au sol, des cendriers pleins, un reste de cassoulet William Saurin au fond d'une casserole, des bouteilles vides, des éléments de batterie, des amplis et des étuis à guitares. J'avais cherché mon sac au milieu du bordel, attrapé mon téléphone et appelé mon boulot pour prévenir que j'étais malade – ce qui était, au fond, la pure vérité, même si cette maladie était due à mon comportement de la veille. Le son de ma voix avait réveillé Milan. Contrairement à la plupart de mes autres coups d'un soir, il n'avait pas poliment attendu que je me casse pour me dire « on se rappelle » et ne jamais le faire ; il m'avait proposé : « Je t'offre un café en bas ? »

Nous avions donc continué à discuter devant des tasses fumantes à la terrasse d'un bistrot de Montmartre, jusqu'à ce qu'il soit l'heure qu'il reparte, avec son groupe et sa camionnette, à Toulouse, où ils vivaient.

J'étais allée prendre le métro tête haute, sans me retourner, fermement décidée à ne plus penser à ce mec. On connaît les guitaristes... Un ego démesuré qui les pousse à mettre le plus possible de filles dans leur lit. Et puis ce type avait dix ans de plus que moi et vivait à l'autre bout de la France. J'étais rentrée chez moi et j'avais vomi.

8 h 45, le lendemain. J'avais enlevé mon manteau, allumé l'ordinateur, m'étais aperçue grâce à l'ordinateur qu'en fait il était 8 h 53... Et, dans ma boîte mail, il y avait un message de Milan. Il l'avait écrit tard la veille, à peine rentré de Paris. Il me disait, élégant, qu'il avait passé un très agréable moment en ma compagnie.

9 h 00. Ne pas entamer une danse de la joie dans le hall. Ne pas entamer une danse de la joie dans le hall. Ne pas entamer une danse de la joie dans le hall.

9 h 05. Les quatre types du service Internet avaient franchi la lourde porte, comme à leur habitude, m'adressant un vague hochement de tête avant d'aller à la machine à café.

9 h 10. Ç'avait été au tour des trois divas du tableur Excel. Cynthia, queue-de-cheval blonde et seins tout durs, avait eu du mal à dire distinctement « bonjour ». Géraldine était encore endormie et faisait la gueule. Nicole, de bonne humeur sur ses talons aiguilles, m'avait lancé le traditionnel

et tonitruant « Salut Juliiiie, tu vas bieeen ? » Cette fois-ci, je n'avais pu retenir mon large sourire : « Ouiiiii ça va super bieeeeen !!! »

Six mois plus tard, je me retrouvais dans l'appartement d'une famille cambodgienne, à vérifier que la chasse d'eau ne fuyait pas. À froncer les sourcils, contrariée devant le carrelage veiné de rose, kitschissime, de la salle de bains, me demandant si on pouvait dissimuler cela avec du plastique adhésif léopard. Je visitais des appartements, car Milan venait s'installer avec moi à Paris.

Oui, vous avez bien lu. Un. Type. Quittait. Toulouse. Pour. Venir. Vivre. Avec. Moi. Oui. Moi. Jul. Aussi incroyable que cela puisse paraître.

On avait échangé des e-mails, puis des textos, puis chatté sur Facebook, puis passé des soirées entières au téléphone, faisant le bonheur de nos opérateurs. Au Franprix, Radio Nostalgie avait diffusé *Dancing Queen* d'Abba et je m'étais mise à danser dans les rayons, batavia à la main telle une pom-pom girl. J'avais posé des congés et étais allée le voir dans le Sud. J'avais chopé une cystite. J'y étais revenue le mois suivant, et cette fois-ci la cystite n'avait pas pointé le bout de son nez. J'étais bien avec lui. Nous passions des soirées entières à écouter des disques, à boire, à fumer et à parler. Nous nous étions découvert plein de choses en commun. Nous étions amoureux. Il avait fait le voyage jusqu'à Paris, et décidé qu'il s'y plaisait. J'avais visité des appartements, puis fini par en trouver un qui convienne. Tout allait bien dans le meilleur des mondes, l'amour illumine la vie, lalala... Ouais, mais en fait non.

« Éditions Bacillus, bonjour ?

— Oui bonjour madame, je vous appelle, c'est au sujet de votre revue, là, avec les camions...

— Vous voulez parler de *Poids lourds hebdo* ?

[Ding dong, fit la sonnette de la porte. J'ai appuyé sur le bouton qui en commande l'ouverture.]

— Oui, je voulais savoir, je la trouve pas chez le marchand de journaux près de chez moi, et je la trouve pas non plus dans la galerie du Auchan ni au Cora... Où c'est qu'on peut l'acheter ?

[La porte ne s'ouvrant toujours pas, j'ai crié « Entrez ! » et Joël, le photographe, est apparu dans l'entrebâillement.]

— Vous ne le trouverez pas en kiosque, c'est un magazine réservé aux professionnels, vous pouvez vous le procurer uniquement sur ordonnance... Euh, je veux dire, par abonnement. [Joël a étouffé un petit rire.] Voulez-vous que je vous passe le service abonnement ? Ne quittez pas. »

« Sur ordonnance ? » a souri Joël dès que j'ai eu raccroché, plus amusé que moqueur.

Je n'avais pas vraiment repensé à lui depuis notre rencontre, deux semaines plus tôt. Lui n'avait pas oublié sa promesse de passer me dire bonjour.

« Alors c'est donc là, l'accueil... J'avais jamais trop fait attention à cet endroit, avant.

— Oh, je comprends, c'est pas comme si c'était un haut lieu touristique. »

Posé au sol, il y avait un carton destiné au service informatique, portant une grosse étiquette rouge « NE PAS GERBER ». Ça arrivait parfois ; tant que le colis restait là, nombreux étaient les hommes qui, en passant, faisaient semblant de vomir dessus. J'ai été reconnaissante à Joël de ne pas faire de commentaire à ce propos. Il avait drôlement bronzé en l'espace de quinze jours, surtout pour un mois de janvier. Il revenait d'un reportage au Chili, dans le désert de je ne sais plus quoi, un endroit extraordinairement sec et pollué, dans un village où la population n'avait pas vu la pluie depuis près de vingt ans, m'a-t-il expliqué. On n'a eu le temps de discuter que cinq minutes. Mon téléphone s'est remis à sonner. Joël a attendu un peu, dans l'espoir que je finisse, mais le gars au bout du fil, un pénible qui voulait qu'on lui envoie un de nos magazines gratuitement pour voir si ça lui plaisait, et ne comprenait pas pourquoi ça n'était pas possible, s'éternisait. Le photographe m'a fait un petit signe de la main pour indiquer qu'il allait à sa rédaction, et a murmuré « à tout à l'heure ».

Quand il est repassé plus tard, il était accompagné du type qui nous avait présentés – un icono, je devais l'apprendre plus tard, prénommé Bastien. Ils sont allés droit à la porte, Joël a juste eu le temps de me faire un clin d'œil.

Cette nuit-là, j'ai fait un rêve érotique. Qui était fichtrement bien. En me réveillant à côté de Milan qui ronflait, couché sur le dos, j'étais à la fois déçue et gênée. Déçue de constater que, hélas, ce n'était qu'un rêve, et gênée d'avoir rêvé, dans le lit de mon petit ami, que je faisais l'amour avec quelqu'un d'autre. J'ai essayé de chasser l'impression que me laissait ce rêve, mais au cours de la journée, les images revenaient. Finalement, Hind avait raison, il était sexy, ce photographe.

Je ne pouvais empêcher mes pensées de revenir vers lui. Ses yeux si noirs, son sourire timide, ses cheveux sombres et fins qui commençaient à se raréfier, mais sur lui ça n'était pas laid. Il devait avoir un peu plus de trente-cinq ans, mais n'avait pas l'air vieux. Bon Dieu, je connaissais ce sentiment bien particulier : j'étais en train de tomber amoureuse. Non, non, non, c'était juste à cause du rêve ; demain, je n'y penserais plus. Il est normal de faire des rêves érotiques quand on n'a pas eu de relation sexuelle depuis... Depuis combien de temps ? Trois mois ? Cinq ? Je ne m'en souvenais même plus. Quelle importance ? Avec Milan, on ne baisait plus que tous les trente-six du mois, et encore, mollement, comme s'il s'agissait d'une simple formalité, comme quand on va faire renouveler une carte de séjour.

Au début de notre relation, il nous arrivait de passer des journées entières au pieu, n'en sortant que pour ouvrir au livreur de pizzas. Quand on s'est installés ensemble, le rythme a baissé, sans que je m'en aperçoive vraiment. J'ai commencé à m'inquiéter quand je me suis aperçue qu'on ne l'avait plus fait depuis quinze jours. J'ai tenté des trucs, qui fonctionnaient parfois, d'autres fois non. Un matin, après ma douche, je suis sortie de la salle de bains à poil. Milan était devant l'ordi, sur Internet. Je lui ai demandé quelque chose pour qu'il tourne la tête vers moi, ce qu'il a fait, sans sembler s'apercevoir que j'étais nue. Alors j'ai fait mine d'aller chercher un papier et un crayon, le pot à stylos était sur l'étagère juste derrière lui. J'ai tendu le bras et écrasé mon sein contre son épaule pour atteindre le Bic. Rien. Alors je suis retournée m'habiller, frustrée. Blessée, même. Pour ne plus subir pareille souffrance d'ego, je n'ai plus recommencé. Quand, une fois tous les tremblements de terre, il se mettait à m'entreprendre, le soir avant de dormir, je me laissais faire. À force, on s'habitue à vivre sans rapports sexuels. Ma libido avait, semblait-il, disparu. Enfin, jusqu'à ce rêve avec Joël.

Mais je n'étais pas amoureuse, oh non. C'était juste le manque de sexe. Rien de grave, rien à quoi YouPorn ne puisse remédier.

Femme qui se coupe les cheveux s'apprête à changer de vie

En cette fin janvier, il s'est mis à faire des températures indécentes. D'après les infos, le pays était en alerte Grand froid, des SDF mouraient. La vague de froid venue de Sibérie nous faisait courir du bureau au Chanzy-Lizzy, dont les braseros de la terrasse ne parvenaient pas à nous réchauffer malgré les bonnets, les gants et les leggings sous nos jeans. On se les gelait tellement qu'on renonçait à fumer des clopes dehors. C'est dire si l'heure était grave.

Dans notre appartement mal isolé, ça n'était pas beaucoup mieux. Les radiateurs électriques, même poussés à fond, ne chauffaient guère plus que des grille-pain, tout en me coûtant un bras en électricité – du reste ils étaient trop petits par rapport au volume de la pièce. Lasse de grelotter après avoir lavé mes cheveux longs (le sèche-cheveux n'était, lui non plus, pas très efficace), j'ai attrapé une paire de ciseaux et j'ai tout coupé en un dégradé m'arrivant au-dessus des épaules.

Lundi matin, au boulot, ça a été l'avalanche de remarques et de compliments. Il ne se passe tellement jamais rien dans cette boîte que le moindre petit changement défraie la chronique. Ce qui stupéfiait surtout les Delphine, Frédérique et autres filles issues d'écoles de commerce, c'est que j'avais coupé mes cheveux moi-même. Le coiffeur, pour quoi faire ? Je n'avais aucune envie de payer mon autre bras (celui qui n'était pas parti avec la facture EDF) pour feuilleter des magazines people vieux de deux ans avant de subir ce silence gênant quand la coiffeuse renonce à faire la conversation car elle a compris qu'on n'avait rien à se dire.

Nicole, la diva du tableur Excel à tronche de souris, s'est exclamée : « Oh c'est joli tes cheveux, ça te va mieux ! » Si elle pensait me faire plaisir, elle se trompait. Ça me va mieux... c'est-à-dire qu'avant, c'était vraiment pourri ?

« Han un ange... Mais où sont passés tes cheveux d'ange ? » a dit le cotorep du courrier après avoir poussé les portes du paradis. Hind, en passant, m'a souri d'un air entendu : « Oh oh, nouvelle coupe !... Tu sais ce qu'on dit ? » Le technicien camerounais a complété, du haut de l'escabeau où il était occupé à changer une ampoule : « Femme qui se coupe les cheveux s'apprête à changer de vie. »

Ah bon, j'ignorais. J'ai eu beau expliquer à Hind les convecteurs foireux, le sèche-cheveux galère, elle a gardé son sourire en coin, sans rien ajouter cependant.

Il faisait trop froid pour que je sorte m'acheter un sandwich pour déjeuner ; j'ai décidé de me faire une soupe de nouilles instantanées. J'en possède un petit stock dans le caisson sous mon bureau. En arrivant dans la cuisine avec mon bol fumant, j'ai constaté que je n'étais pas la seule à n'avoir pas eu le courage de sortir : une bonne partie de la rédac de *Nature & Environnement* était attablée, ils avaient commandé des sandwichs chez Class'Croute. J'ai été un peu déçue que Hind ne m'ait pas proposé de me joindre à eux. Mais voilà, je ne devais pas perdre de vue que, même si on s'entendait bien, nous restions des collègues et non de véritables amies. En me voyant débarquer, elle m'a tout de même fait signe de venir m'asseoir avec eux. J'ai pris un siège libre au bout de la tablée, à côté de Gaëlle et en face de personne.

Je m'appliquais à essayer d'attraper un bout de champignon qui se dérobait sans cesse entre mes baguettes, quand une voix que j'ai reconnue a dit : « Ah, vous êtes là ! Je ne savais pas où était la cuisine, je me suis perdu dans les couloirs... » Le photographe, un Tupperware à la main, s'est dirigé vers la place libre en face de moi, s'est assis. Je me suis sentie rougir, et je me suis sentie bête. « Hello » j'ai dit, tentant un sourire. « Hey, ça va Julie ? » Machinalement, j'ai répondu par l'affirmative et lui ai retourné la question. C'est moi, ou ses joues aussi étaient un peu rouges ?

Quelque chose de bizarre se passait dans mon ventre. Sa proximité me déconcertait, des passages de mon rêve érotique me revenaient confusément, que j'essayais en vain de chasser. Le plus troublant, c'est que cette sensation n'était pas désagréable. Au contraire.

Nous n'avons pas eu de conversation privée, lui et moi, sauf pour parler deux secondes de ma soupe (c'est pas mauvais, c'est Tang Frères, place d'Italie, à côté de chez moi, j'ai une bouilloire dans le placard). Pour masquer ma gêne et sans l'avoir voulu, j'ai fait ce qui me venait naturellement : je l'ai plus ou moins ignoré, comme s'il n'avait pas d'importance, et me suis lancée dans une conversation animée avec des collègues, qui tenait plus du show que d'autre chose. Je me suis mise à parler trop fort des nouveaux seins de Cynthia puis, pour amuser la galerie, j'ai révélé qu'un mec du magazine sur les bateaux venait tous les matins emprunter *Le Figaro* auquel était abonné quelqu'un d'autre, et partait s'enfermer aux toilettes au moins une demi-heure avec le journal, avant d'aller le remettre dans le casier de son propriétaire légitime. J'ai ainsi raconté des choses qui faisaient rire ou scandalisaient l'auditoire, tout en me laissant regarder. Sans tourner les yeux vers Joël, j'étais consciente de son intérêt, et ça me plaisait. En lavant mes couverts dans l'évier, je me suis rendu compte que je portais un jean seyant, qui me faisait un joli cul exposé pile dans le champ de vision de Joël. J'espérais qu'il n'y serait pas insensible.

Ce n'est qu'après le déjeuner, une fois retournée à mon poste, que j'ai réalisé que mon attitude avait été nulle à chier. Bon sang, ce mec était un reporter, humaniste, qui avait passé quinze jours dans un désert au Chili avec des pauvres gens qui n'avaient plus vu la pluie depuis des lustres, et moi je ne trouvais rien de mieux que de me foutre de la gueule d'un type qui fait caca en lisant *Le Figaro* pendant ses heures de travail... Mais quelle andouille ! Je m'étais comportée comme une connasse cynique qui prend plaisir à dire du mal de son prochain. Ce que je suis un peu. Mais, hey, même les maîtres de sagesse bouddhistes vous diront que la perfection n'est jamais dans les hommes ; ben voilà, elle n'est pas non plus dans les hôtesses d'accueil.

Ça réglait le problème. Après ça, il n'allait plus venir me sourire, je n'allais pas tomber amoureuse, et ne risquerais donc pas d'être infidèle.

Si la plupart des employés des éditions Bacillus semblaient passer les cinq septièmes de leur existence à attendre le week-end, ce n'était pas mon cas. Pas que j'aime l'accueil au point de souffrir d'en être éloignée, mais je redoutais ma mauvaise humeur du samedi et dimanche matin.

Je ne parvenais plus à faire la grasse matinée depuis que j'étais en CDI, j'étais toujours réveillée avant neuf heures. J'attrapais un livre sur la table de chevet, que je lisais à côté de Milan endormi, jusqu'à ce que l'insistance de Pablo Escobar devienne franchement agaçante. Je me levais alors pour lui donner les croquettes qu'il réclamait. Une fois debout, ça y était, j'étais d'une humeur de hyène. Tout en faisant bouillir de l'eau et en choisissant un thé vert, je détestais l'humanité entière et Milan en particulier. Était-ce la faim qui me foutait en rogne à ce point ?

Je me faisais un œuf à la coque, mangeais un bout de fromage avec du pain – il y avait longtemps que je n'attendais plus Milan pour prendre le petit déjeuner, je serais morte d'inanition sinon, ce mec passait son temps à dormir, n'émergeant que vers quinze heures, et encore, dans les bons jours (parfois il dormait toute la journée). Repue, je n'étais toujours pas dans de meilleures dispositions. Les journaux sur Internet annonçaient des nouvelles plus déprimantes les unes que les autres. Quelle bande de pauvres cons finis à l'urine, pensais-je en découvrant les nouvelles mesures prises par le gouvernement contre le port du voile dans les crèches. Qu'ils crèvent en regardant leur trou du cul, au lieu de s'occuper de faux problèmes auxquels ils ne comprennent rien. Mon fil d'actualités Facebook n'arrangeait rien. Dix potes qui s'insurgent devant la nouvelle couverture raciste du magazine *Le Point,* d'autres qui la détournent en faisant des photomontages rigolos. C'est à se demander si les patrons de presse n'ont pas un deal avec Marine Le Pen, pour encourager les gens à voter pour elle. Tellement marre de voir sa tronche de poissonnière partout, tous les jours... Et après, les mêmes journalistes sont tout étonnés : tiens, le FN a obtenu des chiffres records aux dernières élections, mais comment ça se fait ? L'air de tomber des nues, genre « j'ai mal à ma France ». S'ils arrêtaient un peu de nous bombarder d'articles bidonnés sur la fraude aux allocs ou les prières dans la rue... Pfff, désespérant. Toujours sur Facebook, une vague copine poste une photo de sa bouffe d'hier soir, avec un filtre Instagram qui donne à son plat l'air d'avoir été cuisiné sous Giscard : « Spaghettis à la purée de courge, brocoli et jambon. Encore un repas d'adulte. » Si seulement il y avait un bouton « je m'en branle » sur le modèle du « like »... Un mec que j'ai croisé quelquefois au bar avant qu'il n'emménage en province avec sa copine, partage un plan Google Maps avec le chemin qu'il a parcouru ce matin en running. Douze kilomètres, il est tout fier. Sérieux, ça intéresse qui ? Qu'il cavale s'il n'a rien de mieux à foutre, mais qu'il arrête de nous faire chier... Un pote dénonce une phrase de David Douillet : « Oui, je suis misogyne, mais tous les hommes le sont, sauf les tapettes... » Mais pourquoi on ne lui fourre pas une chaussette dans la bouche pour l'empêcher de parler, celui-là ?! Les médias n'ont donc rien de plus intéressant à relayer ? Et ce type est ministre... Bonjour, on vit dans un pays gouverné par des mecs ouvertement sexistes et homophobes, tout va bien. Je suis vraiment en rogne.

Et puis il va falloir que j'aille faire la lessive au Lavomatic, et les courses pour la semaine… Milan, pendant ce temps, roupille. Tranquilou Bilou. Samedi dernier, les quatre sèche-linge étaient occupés, j'ai dû attendre trois quarts d'heure car un connard quelconque avait rempli deux des tambours puis s'était barré, ne revenant qu'une heure plus tard, alors que son linge était sec depuis belle lurette. Nous, on était là comme des cakes, à attendre que les deux séchoirs se libèrent, personne n'osait les vider. Le type avait fini par se pointer, n'avait pas pris la peine de marmonner la moindre excuse, il était au téléphone. Il avait commencé à retirer son linge lentement, d'une seule main – l'autre tenant le téléphone. Il prenait son temps pour tout plier, ignorant superbement les six personnes qui attendaient, parlant très fort à son interlocuteur. Rien à foutre des gens autour. Comment se fait-il que dans la rubrique faits divers on ne trouve pas davantage de meurtres dans les laveries ? En rentrant chez moi, j'étais furieuse. Milan se faisait un café, encore dans le coaltar. J'avais râlé parce qu'il laisse toujours ses chaussettes en boule dans le panier à linge, et comment voulez-vous qu'elles soient lavées correctement dans ces conditions ? Il m'avait dit : « Me parle pas de ça maintenant, j'ai pas de cerveau à cette heure-ci. »

Milan, c'est simple, ces derniers temps il n'a jamais de cerveau, quelle que soit l'heure, dès qu'il s'agit de parler avec moi. Quand il se lève, dans l'après-midi, il a toujours soit la crève, soit mal au dos, soit mal ailleurs, il se met devant l'ordi et fait je ne sais quoi sur Internet, écoute de la musique au casque via YouTube jusqu'à ce qu'il émerge, en début de soirée, pour aller au bar voir un concert ou des amis. Avant cela, faut pas lui parler. La lessive, la vaisselle, les courses, il ne m'a jamais demandé de les faire ; c'est juste qu'il ne lui vient pas à l'idée de s'en occuper, et il faut bien que quelqu'un s'y colle.

En voyant ma mère et toutes ces bonnes femmes se fader toutes les tâches ménagères alors que leur mari était à l'entraînement de foot ou en train de regarder le Tour de France, je m'étais toujours dit que ça ne m'arriverait jamais. Je suis féministe, j'écoute Blondie, Joan Jett, Courtney Love, jamais un foutu bonhomme ne me prendra pour sa bonniche. D'une part parce que je ne tomberai jamais amoureuse d'un type comme ça. D'autre part parce que je suis forte, indépendante, et que le mec qui essayera de me faire passer l'aspirateur, il connaîtra vite son poids sans ses dents.

Sauf que la réalité est un peu plus compliquée. Milan, au début, était attentionné. Quand il était au RSA, je rentrais du boulot et trouvais vaisselle et linge propres. Il n'était pas rare qu'il achète de quoi me faire un bon dîner, et il savait le cuisiner. Ça me faisait plaisir d'être dans le rôle de celle qui met les pieds sous la table. Je vivais avec un homme qui ne possédait pas une once de *machoïtude*, et je me sentais chanceuse, surtout par rapport à ma meilleure amie Pénélope, dont le mec ne sait pas se faire cuire un œuf, joue à des jeux vidéo pendant qu'elle prépare le repas et râle si le contenu de son assiette ne lui convient pas. Quand je leur rendais visite, j'étais outrée, et stupéfaite que Pénélope ne l'envoie pas chier avec pertes et fracas.

Non, moi, mon copain il était classe. Quand il a trouvé un boulot, il a eu moins de temps, était souvent fatigué. La vaisselle sale s'entassait dans l'évier, c'était normal que je la lave, et puis ça n'est pas si désagréable, en écoutant un bon disque...

Il se levait de plus en plus tard le week-end, s'il dormait autant c'est sans doute qu'il en avait besoin, et je n'allais pas attendre le soir pour aller au Lavomatic...

Quand j'ai pris conscience qu'il n'en branlait plus une rame, le pli était pris. J'ai bien essayé, quelquefois, de lui envoyer des textos pour lui demander d'aller acheter ci ou ça, mais quand il revenait du supermarché, il manquait toujours un truc, il avait oublié de prendre la mozzarella si je voulais faire une pizza, l'échalote pour une salade... il fallait redescendre chez l'épicier où tout est deux fois plus cher. Les reproches ne fonctionnaient pas ; il s'excusait, disait qu'il était crevé, qu'il n'avait pas de cerveau à cette heure-ci, ça plombait l'ambiance. Comme j'avais envie de passer une bonne soirée, et comme c'est zéro rock'n'roll de s'engueuler pour une échalote, j'ai arrêté de lui demander de faire les courses. Voilà comment on devient une bobonne.

Insidieusement, sans l'avoir voulu.

On ne se rend pas compte de ce que ça coûte, de faire couler de l'eau chaude dans l'évier et d'attraper une éponge. Qu'est-ce que ça peut faire ? C'est vite fait, et si ça peut éviter que mon copain me fasse la gueule pendant trois heures...

Comme il me l'a souvent dit, il ne prête pas attention à ce genre de détails, il a la tête ailleurs. Il a une chanson à finir de composer, un disque à mixer… C'est un musicien doué, contrairement à moi qui n'ai jamais réussi à faire une bonne photo (ou alors par accident). C'est tellement dommage que son groupe n'ait pas assez de succès pour qu'il puisse vivre de sa musique… C'est déjà difficile pour moi de faire un boulot de larbin, mais pour un artiste, quelle perte de temps !

Alors oui, les corvées domestiques lui passent au-dessus de la tête. Et je refuse d'être la connasse qui va lui prendre le chou avec des histoires de vaisselle. Je laisse ça aux beaufs. Nous, on est au-dessus de ça. D'autant qu'en bon homme moderne, il lui arrive parfois de faire la vaisselle – une fois tous les quinze jours, en moyenne. Et quand il l'a faite, il s'arrange pour qu'on le remarque ; c'est tout juste s'il ne dépose pas des tracts dans les boîtes aux lettres des voisins pour proclamer « Regardez, j'ai fait la vaisselle ! Je suis pour le partage des tâches ! » Les autres fois, quand c'est moi qui m'y colle et qu'il est au salon, sur l'ordi ou devant un film, il laisse passer un bon quart d'heure entre le moment où il entend les premiers bruits d'eau et celui où il vient me dire : « Oh, tu aurais dû me demander, je l'aurais fait… »

Ce que ça coûte, de faire couler de l'eau chaude dans l'évier, on ne s'en rend compte qu'au moment où l'on sent cette colère formidable monter en même temps que la mousse du Paic citron, où l'on a envie de pleurer de frustration. À ce moment, il est trop tard pour avoir une discussion calme et intelligente avec ce mec qui pose au poète maudit pour ne pas descendre acheter le pain. À ce stade, impossible de s'asseoir pour parler sereinement du problème. Et il est hors de question de se pourrir le week-end avec une engueulade. Alors on termine la vaisselle, on s'essuie les mains, on va chercher un bouquin, on attrape son manteau et on va se poser au café du coin pour lire pendant une heure ou deux. Histoire de se calmer.

Une fois remontée à l'appart, de meilleure humeur, on ne fait aucun reproche. On est juste allée prendre l'air. On se prépare à sortir. On a toujours une soirée : concert, anniversaire, pendaison de crémaillère, pote qui passe des disques dans un bar, vernissage de l'expo d'une amie… Devant les gens, on offre l'image d'un couple bien sympa. Milan, quand il n'est pas à la maison à se plaindre, sait être charmeur en société. Il paie volontiers sa tournée, il est drôle, spirituel, possède une culture littéraire et musicale impressionnante. Les filles me l'envient un peu, je crois ; les gars recherchent sa compagnie, et moi, après une pinte, je veux me sentir joyeuse, de bonne humeur. Je me souviens pourquoi je suis tombée amoureuse de lui, et me dis que je ne suis pas une fille si cool que ça, de râler intérieurement à cause du Lavomatic.

Mais le lendemain matin, quand je me lève pour donner ses croquettes à Pablo Escobar, je suis de nouveau d'une humeur de hyène, sans savoir pourquoi.

Cernée par le miracle de la vie

« J'ai un truc à t'annoncer », m'a dit Pénélope juste après s'être assise en face de moi.

À son air sérieux, j'ai compris.

« T'es enceinte ?

— Oui.

— Je le savais. »

La dernière fois qu'on s'était vues, elle n'avait pas bu de vin, prétextant des maux d'estomac. Quelque chose dans son tempérament avait changé ; elle avait les émotions à fleur de peau, ne supportait plus d'être interrompue par les vendeurs de roses à la terrasse du bar, s'était mise à pleurer pour un truc sans importance et avait chopé un bidon aussi gros que le mien. Je l'avais chambrée : « Ah tu vois, y a pas que chez moi que la trentaine et la bière font des ravages ! » Ça ne l'avait pas fait rire. J'avais haussé un sourcil. Quand on connaît quelqu'un depuis le collège, difficile de se cacher un secret, on remarque le moindre changement dans l'attitude de l'autre.

Eh merde. Elle, elle allait retrouver un ventre plat quelques semaines après l'accouchement, tandis que moi, j'étais vouée à avoir mon *beer belly* pour les siècles des siècles (amen).

J'avais beau m'en être doutée, ça m'a sonnée. Alors donc, c'était irréversible, elle avait décidé de prendre l'engagement le plus sérieux qui soit, bien plus que le mariage car, quand on a un enfant, même si l'on se sépare, on est condamné à revoir son ex chaque semaine pendant les vingt prochaines années. Et donc, elle avait pris cet engagement avec un type qui, rentré du boulot, se colle devant un jeu vidéo et râle quand la bouffe ne lui plaît pas. J'ai eu envie de la secouer par les épaules en hurlant « MAIS ÇA VA PAS BIEN DANS TA TÊTE ?!!! » mais ce n'était pas la réaction qu'elle attendait. À la place, j'ai dit : « Eh bien, tu ne t'attends de toute façon pas à ce que je te félicite, donc je ne le fais pas. »

Bon, ce n'était sans doute pas non plus la réaction qu'elle attendait.

À peine ces mots avaient-ils franchi mes lèvres que je les ai regrettés. Oh, bordel, Pénélope, je suis tellement désolée de ne pas être l'amie qu'il te faut à ce moment précis... Mais tu me connais, depuis le temps, tu sais que je suis incapable de mentir. Feindre l'enthousiasme ? Tu n'y croirais pas une seconde. Pourtant, j'avais beau ne pas savoir mentir, je ne pouvais pas non plus lui dire la vérité : « Tu as fait une erreur gigantesque. Cet homme ne te rend pas heureuse. Tu es en train de gâcher ta vie. » Non, il était trop tard. J'aurais dû trouver le courage de le lui dire avant. Mais une discussion qu'on avait eue il y a bien des années m'en avait empêchée : on avait une vingtaine d'années, c'était au moment où on commençait à avoir des histoires de couple sérieuses. On connaissait une fille qui avait une relation toxique avec son mec, ils ne cessaient de rompre puis de se remettre ensemble ; à chaque rupture, elle venait pleurer sur nos épaules, chercher du réconfort. Pénélope m'avait alors déclaré : « On ne peut pas lui dire : "Quitte-le, c'est un con." » Ah bon ? Je pensais qu'on aurait dû, pourtant, car c'était exactement l'opinion qu'on avait de ce type. N'est-ce pas le rôle d'une amie, donner de bons conseils ? Pénélope avait alors été formelle : « On ne doit pas lui dire ça, ce n'est pas ce qu'elle veut entendre. Elle s'en rendra bien compte toute seule, que son mec peut facile concourir pour le prix du plus gros couillon de la Terre. » De nous deux, c'est Pénélope qui était douée pour les rapports humains, le tact, c'est elle qui savait toujours quoi dire. Alors j'avais intégré l'info, et tenu pour acquis qu'on ne dit pas à une copine que son couple est voué à l'échec.

Après tout, peut-être que je me trompais. Mon amie d'enfance n'est pas idiote – depuis le temps, je l'aurais su. Peut-être que n'avoir pas grand-chose à dire à son compagnon ne la dérangeait pas. Peut-être y trouvait-elle son équilibre. Même si, au fond de moi, j'étais sûre qu'elle avait décidé de s'installer avec ce type parce qu'arrivée à la trentaine, elle était fatiguée. Elle avait besoin de se poser. Marre des mecs d'un soir rencontrés au bar. Marre de ne pas savoir s'ils vont la rappeler. Marre de se demander si elle doit lui téléphoner, ou si c'est à l'homme de le faire. Marre de tomber amoureuse pour s'entendre dire au bout de deux semaines : « Écoute, j'ai des sentiments pour toi, mais je sors d'une rupture difficile, je ne suis pas prêt à m'engager... C'est pas toi, c'est moi...» Marre de croire à ce baratin en se disant le pauvre, il souffre, je serai celle qui saura le rendre heureux...

Avec le recul, ce qu'on a pu être connes de croire à de tels mensonges, alors que le mec, ce qu'il veut dire par «je ne suis pas prêt à m'engager», c'est: «En ce moment je baise deux Suédoises, une Américaine, trois Espagnoles (Dieu bénisse Erasmus), tu n'es qu'un nom de plus dans mon répertoire, si un soir je ne trouve pas d'autre meuf à serrer je te rappellerai.» Bon, OK, il y a de quoi en avoir marre.

Alors, quand Pénélope s'était mise à sortir avec ce type fidèle et pas compliqué, elle avait décidé de s'installer dans le confort que ce couple lui apportait. Plus qu'elle aimait cet homme, elle devait aimer la sensation d'avoir des bras chauds dans lesquels s'endormir chaque soir; des bras dont elle ne doutait pas qu'ils seraient là le lendemain, et le mois prochain, et dans un an.

Les bistrots, pour elle, c'était fini depuis longtemps, à part pour boire un thé avec une amie quand elle débarquait à la capitale depuis sa maison de Seine-et-Marne avec jardin, véranda et Alain Prost. Elle n'allait tout de même pas passer sa vie dans un studio de vingt mètres carrés à Crimée... Il y a, paraît-il, un âge où l'on a envie de se ranger. De donner la vie.

Mon médecin généraliste m'avait prévenue, il y a quelques années. Il m'avait demandé incidemment, avant de me prescrire un médicament, si j'étais enceinte. «Oh grands dieux non!» m'étais-je écriée. Je lui avais affirmé ne pas vouloir d'enfant. Ce à quoi il avait répondu : « Vous avez quel âge, vingt-sept ans ? Vous verrez, dans trois ans vous changerez d'avis.

— Pourquoi, vers trente ans il se passe quelque chose, avec les hormones, qui fait qu'on est soudain prise d'un désir de grossesse ?

— Non, pas du tout. C'est simplement que toutes vos copines vont avoir des enfants, alors vous voudrez faire comme elles. »

J'avais eu une moue dubitative. Quoi, mes amies, qui picolent comme des trous et accumulent les coups d'un soir ? Impossible ! En repensant à cette conversation quatre ans plus tard, j'en conclus qu'il faut davantage faire confiance à la médecine.

Pénélope, elle, avait toujours plus ou moins envisagé d'avoir des bébés, plus tard, quand elle serait grande. Après l'achat de la maison en Seine-et-Marne, l'obsession pour l'écologie, l'adoption d'Alain Prost et le centre aéré pour chiens, il était logique qu'elle passe la vitesse supérieure.

J'étais venue boire un thé avec elle pour lui parler de mon béguin pour le photographe, à la place de quoi nous avons parlé gynéco, réservation à la maternité et nausées matinales. Elle ne m'annonçait la nouvelle que très tardivement car elle craignait ma réaction. Plusieurs de nos connaissances étaient récemment devenues mamans, et souvent elles étaient du même coup devenues insupportables. Combien de fois m'étais-je plainte à Pénélope de ma collègue enceinte qui, toute la matinée, me bassinait avec ses échographies, les aliments qu'elle ne pouvait plus manger, sa cystite, ses varices, ses bas de contention, ses seins qui gonflaient (elle avait, il est vrai, chopé des obus à tourner dans un Russ Meyer)... C'était pire que d'entendre quelqu'un vous raconter ses rêves. Et cette amie programmatrice de concerts qui était quelqu'un de raisonnable jusqu'à son accouchement et qui, depuis, postait sur Facebook dix photos par jour de son fils... Elle utilisait même une image du bébé en avatar, ce qui en dit long sur sa psychologie. En s'éclipsant derrière l'image du nouveau-né, elle tendait à dire que sa vie désormais se résumait à lui. Donner la vie, comme on dit... Une fois que tu l'as donnée, tu ne l'as plus. Tu la consacres à ta progéniture.

Pénélope aussi trouvait ridicule de bombarder les réseaux sociaux de photos de bébés. Elle trouvait également indélicat d'entretenir tout le monde de détails médicaux peu ragoûtants sous prétexte qu'ils sont liés au miracle de la vie. Est-ce qu'on parle aux gens de nos coliques d'après-murge ou de la consistance de notre vomi ? Non. En quoi le fait d'être enceinte donne-t-il le droit de le faire ? Mystère et boule de gomme. Là-dessus, ma meilleure amie était d'accord... jusqu'à présent.

Mais la programmatrice de concerts avait aussi été d'accord sur ces points lorsqu'elle était enceinte, et maintenant qu'elle avait démoulé, c'était une autre paire de manches. À force de voir des bébés faire leur apparition un peu partout dans la vie de mes potes, j'avais vu leurs parents s'éloigner. Comme si, en devenant une famille, ils se mettaient à former une sorte d'îlot, resserrant des liens qui n'appartenaient qu'à eux. Ils avaient leur propre manière de fonctionner, presque défensive, et les amis d'autrefois devenaient des étrangers. Même vis-à-vis de ceux qui avaient eu des enfants à la même période, ils se montraient critiques quant à la façon qu'avaient les autres d'élever leurs gamins. Les femmes qui allaitaient trouvaient immorales celles qui donnaient des biberons de lait en poudre. Certaines, durant leur grossesse, s'autorisaient une coupe de champagne lors des grandes occasions, anniversaire ou mariage, d'autres qui assistaient à cela étaient scandalisées. « Quoi ? Une simple gorgée d'alcool peut rendre ton enfant autiste ! »

Mais il existe une frontière bien plus grande entre ceux qui ont des enfants et ceux qui n'en ont pas. Pénélope et moi, on s'était rencontrées au collège. On avait, depuis, toujours été proches, dormant l'une chez l'autre, prenant même notre douche ensemble… Ado, on avait eu nos règles à quelques semaines d'intervalle (elle les avait eues avant moi), on avait chacune eu notre premier rapport sexuel à huit jours d'écart (j'avais, cette fois, été la première). On projetait, à l'époque, de nous marier le même jour, avec nos mecs respectifs. On voulait vivre en communauté, dans la même maison, avec nos maris. L'avenir avait démontré que ça ne se passerait pas comme ça. Le fait qu'elle ait un enfant alors que je n'en aurais probablement jamais, érigeait une frontière hermétique.

Je suis rentrée chez moi le moral niché quelque part au fond de mes chaussettes H&M à l'effigie de Hello Kitty. Bonnet enfoncé presque jusqu'aux yeux, respirant à travers mon écharpe dans l'espoir de générer un peu de chaleur. Mes mains, dans leurs gants de laine, étaient fermées en deux poings crispés au fond de mes poches. Pénélope allait avoir un enfant, il me semblait que la terre entière avait mis un bébé en route, pendant que mon couple se barrait en couilles et que je faisais des rêves érotiques avec un photographe. Et en plus, il faisait moins vingt-cinq ! J'ai eu toutes les peines du monde à extraire une cigarette du paquet, avec mes gants. Après ça, j'ai encore galéré pour allumer ce foutu briquet. J'ai fini par retirer un gant, en jurant. Le juron, en sortant de ma bouche, a formé un petit nuage agacé.

Dans le renfoncement du mur d'une banque, un homme était allongé, emmitouflé dans un duvet et d'autres tissus divers et crados. Mon Dieu, il faut appeler le 115, ou ce pauvre homme va mourir cette nuit, ai-je pensé. C'était une rue très fréquentée, près du métro Strasbourg-Saint-Denis. Les gens passaient, indifférents. Je les ai imités, me disant que quelqu'un allait forcément faire quelque chose pour le pauvre bougre. Tout le monde devait se dire la même chose, et l'homme est peut-être mort de froid juste parce qu'on avait tous la flemme et d'autres préoccupations, et pas envie de perdre du temps à appeler un numéro qui risquait de ne jamais répondre, et peut-être se faire insulter par ce type (certains refusent d'aller passer la nuit en centre d'accueil)... Me sentant minable et lâche, j'ai descendu les escaliers du métro, ai écrasé ma clope sur le cendrier, ça a fait comme un petit feu d'artifice, et je me suis retrouvée au chaud dans la ligne 4.

Facebook et Twitter sont pleins de posts écrits par des gens étonnamment altruistes qui ont été témoins d'agressions dans le RER ou le métro, de clochards près de passer l'arme à gauche dans la rue, et qui se sont, seuls contre tous, mobilisés, et s'indignent de l'indifférence de tous les autres. « Personne n'a rien fait. » « Des gens se sont levés pour changer de wagon. D'autres regardaient par terre. » Et tous les internautes, sous ces posts, d'ajouter leur commentaire scandalisé, dans quel monde vit-on ? Avoir une âme de héros derrière son ordi, c'est comme avoir une âme de résistant en 1946. J'aimerais simplement savoir combien d'entre eux auraient fait quelque chose s'ils avaient été là. Le photographe, peut-être, aurait sorti son vieux Nokia et appelé le 115. Les autres gens que je connais, Milan, Pénélope, Hind, auraient certainement fait comme moi, c'est-à-dire rien, et se seraient sentis minables de n'avoir rien fait.

Minable donc, je me suis précipitée chez moi, au chaud – ce qui était tout relatif : certes il ne faisait pas moins vingt-cinq dans l'appart, mais s'il faisait dix-huit, c'était le bout de ce foutu monde dans lequel on vit.

Milan était levé. Casque sur la tête et clope au bec, il travaillait au mix d'une de ses chansons, sur l'ordi. « Pénélope est enceinte, lui ai-je annoncé après lui avoir fait une bise distraite sur les lèvres.

— Ah, ben tu t'en doutais, non ?

— Ouais… Mais quand même, c'est dingue !

— Bah, pourquoi t'es surprise ? Toutes les filles veulent un marmot, à un moment. Elles sont comme ça.

— Non, pas moi !

— Toi c'est pas pareil, t'aimes pas les gens. »

Piquée au vif, j'ai ouvert la bouche, réfléchissant à une réplique cinglante à balancer, mais il avait déjà remis son casque et reposé sa main sur la souris, me signifiant que la discussion était close.

Sur la table de la cuisine, heureux accident, était posée une baguette tradition aux graines encore chaude, achetée par Milan. J'ai eu envie d'un bout de fromage. Ouvrant le frigo, fatalement, j'ai constaté que le gouda au cumin, mal refermé, avait jauni. Finalement, Milan n'avait pas tort : parfois je déteste les gens.

Ce que nous apprennent les compotes sur le comportement humain

Mercredi matin, j'ai eu la surprise de voir trois types débarquer, portant un grand frigo vert. « C'est pour les compotes ! » m'a crié l'un d'eux. Hein ? Quelles compotes ?

Mon chef, dont le Q.I. lui vaut le surnom de Forrest Gump, avait oublié de me prévenir qu'une marque de compote bio, pour se faire connaître, avait décidé de mettre gracieusement ses produits à la disposition des employés. Un plan marketing pas plus con qu'un autre... Autant goûter les produits plutôt que d'acheter n'importe quoi sur la foi d'un spot publicitaire. Ils déposaient ainsi leur came dans toutes les entreprises du coin.

J'ai guidé les trois types jusqu'à la cuisine, où ils ont installé leur frigo aux couleurs de la marque, qu'ils ont ensuite remplis de compotes. De mon côté, j'étais chargée d'écrire un e-mail général à toute l'entreprise pour informer les salariés que les compotes attendaient dans la cuisine, à disposition, gratuites, et ce pendant deux jours.

Ma collègue Émilie m'a conseillé de vite aller me servir, tant qu'il y en avait. Les compotes allaient par packs de quatre pots, six saveurs étaient proposées. J'ai pris pomme-châtaigne, puis j'ai hésité, et j'ai aussi embarqué des pomme-banane. Je voulais en laisser pour tout le monde, ne pas passer pour une crevarde. Ma collègue m'a dit : « Mais vas-y, prends-en plus, prends tous les parfums, c'est gratuit ! » Ce qu'elle a fait. Du coup, j'ai aussi pris pomme-abricot, timidement. C'est vrai que le frigo était immense, et les ressources en compotes paraissaient illimitées.

Elles ne l'étaient pas. Très vite, les gens se sont mis à défiler devant l'accueil, charriant des compotes. Beaucoup faisaient plusieurs allers-retours – et ce n'étaient pas ceux qui avaient les plus bas salaires. Marie-Charlotte, chef du marketing, est passée quatre fois, calant comme elle pouvait des piles de compotes sous son menton. Dès quatorze heures, il ne restait plus que cinq packs de pomme-pruneau dans le frigo. Plusieurs employés, qui n'avaient pas lu leurs mails ou n'avaient pas été assez réactifs, sont venus s'en plaindre à moi (normal, je suis bien connue pour faire apparaître des compotes). J'ai dû passer l'après-midi à répéter que pas de panique, il y en aurait à nouveau demain.

Le soir, quand avec Milan on en a chacun goûté une, en avoir entendu parler toute la journée m'avait coupé l'envie d'en manger. Ç'avait été le principal sujet de conversation dans l'entreprise, à se demander si les gens avaient réellement travaillé aujourd'hui, ou si l'ampleur de l'événement (des compotes gratuites dans la cuisine !!!) n'avait pas stoppé net le cours des choses, comme l'avait fait le

11-Septembre en 2001. Elles n'étaient pas mauvaises, mais pas non plus de quoi tomber à la renverse. Avec Milan, on s'est dit qu'on en achèterait, à l'avenir, si on en trouvait au supermarché. Finalement, on ne l'a jamais fait.

Comme promis, le lendemain, les trois types sont revenus remplir le frigo à la première heure. Ce qui valait mieux car, comme le disait Marie-Charlotte, les compotes étaient attendues comme le loup blanc (et sans doute connues comme le messie). Le chef de pub de la revue de moto, qui devait bien gagner 4 000 euros par mois sans compter les primes, avait prévu son coup : il avait apporté un gros carton. On l'a vu passer avec son carton plein à ras bords de compotes, ce gros type en costard, cheveux ras, Rolex et grande gueule. Il est descendu au parking mettre sa cargaison dans le coffre de son 4×4. Puis il est repassé, son carton à nouveau plein. Émilie lui a fait remarquer : « Mais, Thierry, t'en as déjà pris, laisses-en un peu pour les autres...

— Non mais là c'est pas pour moi, c'est pour mon assistante. »

Un tel altruisme, venant de ce bonhomme qui avait coutume d'agonir ladite assistante d'insultes, m'a un peu surpris. Quand, plus tard, on a vu la fille en question passer avec trois packs de compotes, Émilie est remontée au créneau : « T'en prends encore ?

— Euh mais, c'est les premières, j'en ai pas eu hier, a-t-elle répondu, perplexe.

— Thierry nous a dit qu'il en avait pris un carton plein pour toi !

— Ah non, il ne m'a rien donné... »

En ce second jour de compotes, le frigo était vide dès midi et demi. Même celles aux pruneaux étaient toutes parties. La Géraldine du tableur Excel, qui est généralement de mauvaise humeur, aurait presque gagné ma sympathie quand, vers seize heures, elle est venue, toute triste, me dire qu'on avait volé les compotes qu'elle avait mises de côté dans le frigo réservé au personnel, où on écrit son nom sur sa bouffe.

Comment des gens qui ont de quoi vivre confortablement en arrivent-ils à faire main basse sur de simples *desserts* ? La plupart de ces crevards s'intéressaient autant aux fruits que moi à la biochimie moléculaire, même pas sûr qu'ils allaient toutes les manger. Ces pauvres compotes allaient attendre, au frigo, leur date de péremption, avant d'être jetées à la poubelle.

Je détestais cette entreprise. Laissant mon regard errer du côté de la fenêtre, sur les dizaines d'immeubles de bureaux que compte cette zone d'activité, je me suis dit que nombre d'entre eux avaient, eux aussi, reçu les compotes. Dans toutes ces entreprises, des cadres grassouillets avaient fondu sur les produits gratuits, armés de cartons. J'ai eu envie de boire un coup.

J'ai composé le numéro de Hind. « Dis donc, le jeudi, c'est permis aussi, non ?

— Ah ben oui, logique, ça rime. On va voir Hakim ? »

Alors qu'on discutait de qui on allait convier, elle m'a glissé : « Tiens, au fait, Joël doit passer aujourd'hui... » Mon estomac m'a fait un drôle de plan, cherchant à remonter jusque dans ma poitrine. Je connaissais cette sensation, je savais ce qu'elle annonçait. Oh non, bon sang, pas ça !

Pitié, je *vis* avec un homme ! C'est vraiment pas le moment d'être amoureuse, là, parmi les compotes.

Quand j'ai reposé le combiné, mes doigts avaient laissé sur le plastique noir des marques plus foncées. J'avais les mains moites, bordel.

Il fallait que je sorte fumer une cigarette. J'ai appelé ma collègue de l'autre bâtiment pour la prévenir que je transférais mes appels sur son poste, j'ai posé sur le comptoir de l'accueil l'habituel petit carton « L'hôtesse revient dans cinq minutes », ai enfilé écharpe et manteau, et suis sortie. La vague de froid venue de Sibérie était passée, il ne faisait désormais plus qu'un modeste moins deux qui, en comparaison, paraissait presque estival.

L'équipe du magazine de jeux vidéo était là, gobelets à la main et clopes au bec, encerclant le cendrier. Comme d'habitude, c'est le rédac chef qui causait le plus fort. « Ce commercial c'est un gros radin, mais t'imagines même pas ! Il sort qu'avec des gamines de dix-sept, dix-huit ans ! Un jour, j'lui dis : "Mais t'as pas honte, à ton âge, de sortir avec des nénettes aussi jeunes ?" Le mec, il va sur ses cinquante balais, quand même. Et là il me répond : "Ben c'est simple, je fais des économies : à c't'âge-là, les filles, tu les emmènes au McDo et elles prennent ça pour le restau, et le Formule 1 elles croient que c'est l'hôtel ! »

Ce n'était pas tant l'élégance de cette réponse qui me consternait ; j'avais l'habitude. Non, c'était qu'en 2012, il y ait encore des jeunes filles qui couchent si on leur paie le restau et l'hôtel. Ou, en tout cas, des hommes qui pensent que les filles fonctionnent ainsi. Coucher juste parce qu'on en a envie et que le mec nous plaît, ça ne va donc pas de soi...

Une silhouette noire se dirigeait vers nous. Joël. « Salut, Julie, a-t-il dit en avançant sa joue. Tu vas bien ? T'es en pause ? Oh tiens, je vais fumer une clope, moi aussi. »

Il a eu un sourire, a sorti de sa poche un paquet de tabac et des feuilles, et s'est mis à rouler. Un silence gêné s'est installé (je ne sais pas si le silence était gêné, en tout cas moi, je l'étais). Il fallait trouver quelque chose à dire. Bon sang, si j'avais eu un verre de vin à la main, ça aurait été plus facile… « T'arrives un peu trop tard, j'ai dit, t'as raté les compotes.

— Les *quoi* ? »

J'ai donc expliqué les grandes lignes. Enhardie par mon propre flot de paroles, je lui ai proposé de se joindre à nous au Chanzy-Lizzy. Le nom l'a fait marrer. J'ai raconté Hakim, le Sahara Thé… J'ai écrasé ma cigarette dans le sable du cendrier. La sienne n'était pas finie, il l'a quand même jetée pour m'accompagner à l'accueil. « Vous y allez à quelle heure ? 18 h 30, OK, je passerai. Pas longtemps, parce que j'habite loin, mais je boirai un verre avec vous… » Il s'est éloigné dans le couloir. Puis, se retournant, m'a timidement lancé « à tout' ! » avec un clin d'œil.

Soit je lui plaisais, soit tout ce que je savais des hommes était faux.

Oh, bon Dieu, ce que j'aurais aimé mettre mon casque d'iPod sur les oreilles pour écouter Blondie et me mettre à danser, là, à l'accueil !

Je me suis assise. Puis relevée pour aller aux toilettes vérifier si mes joues n'étaient pas trop empourprées. Bon, ça allait. Suis retournée à l'accueil chercher ma trousse de maquillage, suis retournée aux toilettes me remettre préventivement une couche de fond de teint. J'ai aussi rajouté du rouge à lèvres.

Alors que les salariés étaient censés terminer à 17h45, mon contrat prévoyait que je reste jusqu'à 18h30. En cas de problème, j'étais là avant que tout le monde arrive le matin, et après leur départ le soir. Quand j'ai débarqué au Chanzy-Lizzy, Hind, Gaëlle, Joël, Bastien, Alex et plein d'autres gens étaient déjà là. Une grande tablée d'une douzaine de personnes, à croire que les compotes donnent soif. Des enceintes sortait la musique des Flamin' Groovies. Joël était assis au bout de la table, près du bar, avec des gens que je connaissais mal. Il n'y avait de toute façon pas de chaise libre près de lui. Hind et Gaëlle m'avaient gardé une place à l'autre bout, du côté de l'entrée. J'ai adressé un petit signe de tête au photographe, et me suis installée avec les filles. À ma grande surprise, la conversation ne roulait pas sur les compotes, mais sur des changements dans l'équipe de *Nature & Environnement*. Des pigistes étaient licenciés, des nouveaux arrivaient pour les remplacer, des potes du nouveau chef de rubrique que personne n'aimait. Même au sein d'un magazine écolo supposément éthique, c'était coups de pute, piston et suçage de bite. Hind, hors d'elle, a bramé : « Hakim ! File-moi un shot vodka-cookie, faut qu'j'me calme. » Elle avait passé la journée entière sur un article d'une nouvelle pigiste : « Un putain de torchon publirédactionnel ! Y a RIEN dans cet article, RIEN, à part des fautes d'orthographe. Complètement creux. La meuf, elle répète six fois la même info tellement elle a rien à dire. Faut dire, elle est rémunérée au nombre de signes... La marque lui a payé l'hôtel, elle s'est tapé des vacances à

Madagascar à l'œil, et elle revient avec un papier mal branlé qui fait l'éloge d'une entreprise qui exploite ses salariés, fait travailler des enfants et pollue à tous crins... Pfffff... » Elle s'est interrompue pour s'enfiler le shot. Je l'ai laissée vociférer. Cette conversation ne me concernant en rien, j'ai cessé d'écouter et j'ai regardé Joël.

Qui, lui aussi, me regardait. Et a vite détourné les yeux quand ils ont croisé les miens. J'ai eu bien du mal à me retenir de sourire jusqu'aux oreilles. Jésus Marie Joseph, ce qu'il avait comme charme ! *Shake Some Action,* chantaient les Flamin' Groovies comme s'ils essayaient de me pousser en avant. Et j'en avais envie.

Mais il a fini sa pinte, s'est levé et a commencé à dire au revoir. « Désolé, je peux pas trop rester, a-t-il glissé à mon oreille en me faisant la bise. Mais on se revoit très bientôt. »

Le doute n'était plus permis.

Alors que je rentrais chez moi dans la nuit froide, mon cerveau, barbotant joyeusement dans la bière, a décidé que Milan, bah, on s'en fout ! Il était trop agréable de vivre les premiers instants d'une histoire d'amour, d'avoir à nouveau seize ans. La vie est trop courte pour s'en priver.

Shit happens

Le lendemain, alors que j'étais déjà en retard, un quelconque gugusse a choisi de trouver suspect un colis qui se trouvait là et de tirer le signal d'alarme. Rien de dramatique, me suis-je dit, ce matin Émilie travaille avec moi, il y aura donc quelqu'un à l'accueil. À ce moment précis, mon portable a annoncé un texto. Émilie. « Dsl Jul, Matteo à l'othite je vient pas bossé ce matı. » Oh meeeeerde... Et ce putain de métro qui restait bloqué... Font chier, les gens, avec leurs mômes qu'ont toujours un pet de coincé ! On ne peut pas compter sur eux pour être là à l'heure quand on a la gueule de bois.

Comme le métro ne se décidait pas à repartir, je suis sortie prendre le bus. Je n'étais pas la seule à avoir eu cette idée, loin de là : un troupeau était massé à l'arrêt. Je n'ai pas pu monter dans le premier bus – trop de monde. Dans le second, j'ai grimpé avec peine et me suis retrouvée debout, compressée contre la porte de sortie, l'haleine d'ail d'un bonhomme soufflée directement sous mon nez, sans parvenir à bouger pour m'en détourner. Qui sont ces gens qui mangent de l'ail au petit dej ? Il y avait des embouteillages, et le bus, plein jusqu'à la gueule, passait un temps fou à chaque arrêt, les gens poussaient pour descendre, d'autres poussaient pour monter, les insultes fusaient, les odeurs corporelles se croisaient et ne se ressemblaient pas mais toutes, de l'after-shave Axe jusqu'à la vieille transpiration, avaient en commun de vous filer la gerbe.

Quand je me suis finalement extirpée de là, j'avais une demi-heure de retard et le directeur général fumait devant la porte, comme à son habitude. Je ne sais combien de cigarettes il s'enfile tous les matins entre 8h45 et 10h, mais ce manège lui permet de surveiller, mine de rien, les entrées. Quand je lui ai marmonné un « bonjour » essoufflé et contrit, il a ostensiblement regardé sa montre. Fils de pute.

Dix minutes plus tard, je recevais l'appel de Forrest Gump, qui m'engueulait pour mon « retard inadmissible ». Le DG n'avait pas traîné pour cafter.

« Je suis vraiment désolée, il y a eu un colis suspect dans le métro et...

— Je ne veux pas le savoir.

— Mais c'est vrai, vous pouvez vérifier sur le site de la RATP...

— Je vous paie pour que vous arriviez à l'heure, point barre.

— Mais enfin, je ne pouvais pas prévoir que...

— D'après le directeur général, il y avait des plis urgents qui n'ont pas pu être livrés à temps. C'est très grave. À l'avenir, organisez-vous pour être à l'heure parce que la prochaine fois, c'est l'avertissement. »

Ma collègue Émilie, elle, ne risquait pas l'avertissement. L'otite de son Mattéo constituait une excuse valable ; mes problèmes de transport, non. Ô monde fait de justice !

On a sonné. À ma grande surprise, c'est Joël qui a poussé la porte. « Salut Julie, ça s'est bien fini hier soir ? » Oh, Seigneur. M'étant levée à la bourre ce matin-là, j'avais fait l'impasse sur le maquillage. Non seulement je ne ressemblais à rien, mais sans fond de teint, j'allais devenir rouge fluo !

« Désolé, a-t-il continué, j'aurais bien voulu rester un peu plus avec vous, mais il fallait vraiment que je rentre... » Sur quoi il a fouillé dans sa poche, en a sorti un papier qu'il m'a tendu. Une lettre d'amour ?! Mon sang n'a fait qu'un tour. Ma main tremblait lorsqu'elle a saisi la feuille... qui s'avérait être un formulaire de demande de badge d'accès, dûment rempli et signé. Qu'étais-je encore allée imaginer ?

« On m'a dit de passer te voir pour que tu me fasses un badge.

— Mais... ça veut dire que tu vas venir régulièrement ici ? »

Eh merde ! La question m'avait échappé. Je n'aurais pas dû montrer tant d'intérêt, il allait forcément se rendre compte de quelque chose. Je venais de me trahir.

« Oui, tu as entendu parler de la restructuration au magazine... Je vais faire moins de reportages, pour des raisons budgétaires, et je dois venir faire de l'icono et des retouches. »

Nous allions donc nous croiser tous les jours. Cette journée n'était peut-être pas aussi pourrie qu'elle en avait eu l'air.

« Oh putain c'est duuuuuuuur ! Ça va toi, pas trop mal aux cheveux ? a fait Hind en venant s'échouer sur mon comptoir.

— Bah, j'ai connu des jours meilleurs, ai-je euphémisé.

— T'aurais pas un Doliprane ? J'ai un de ces cancers du béret… »

Il y avait une armoire à pharmacie à l'accueil, en cas d'urgence. Elle servait surtout à fournir des pansements aux filles qui avaient chopé des ampoules dans leurs petites sandales d'été, ou aux gens qui avaient la migraine (ou cancer du béret, comme l'appelait Hind).

« La vodka-cookie est l'urine de Satan, a-t-elle continué en prenant le cachet que je lui tendais. C'est du cinq cents ? File-m'en deux, ce sera pas du luxe. Le pire, c'est que ce soir on remet ça avec la rédac. Tu veux te joindre à nous ?

— Oh là là non, ce soir je vais faire calme : une soupe et au lit !

— Ben qu'est-ce qui t'arrive, Jul ? Décliner le Chanzy, ça te ressemble pas. C'est pas toi qui dis toujours qu'il faut combattre le mal par le mal ? »

Mais au fait, le photographe risquait d'être avec eux au bar, ce soir !

« Bon, d'accord, je verrai… »

Les bulles remontaient en rangs verticaux dans mon verre. Jamais je n'avais fixé un demi de Seize avec tant de lassitude. J'avais d'abord voulu commander un Coca, mais Hind m'avait engueulée : « Comment ça ? Toi ? Jul ? Du *Coca* ? Ah non, c'est pas possible, t'as pas le droit. » Ces gens qui vous poussent à boire car ils ne veulent pas picoler seuls… Le photographe n'était pas là. Je m'ennuyais ferme, j'avais envie de rentrer m'allonger.

Sur la vitre du bar, j'ai remarqué un nouvel autocollant, qui n'était pas là la veille. Ce dernier proclamait « *Shit happens* ». Aux États-Unis, c'est leur façon de dire « c'est la vie ».

« Tu sais que Joël, le photographe, bosse de façon permanente à la rédac, maintenant ? » m'a demandé Hind d'un air entendu. J'avais beau lui avoir menti en prétendant qu'il ne me plaisait pas particulièrement, elle persistait à hausser les sourcils et à me lancer des regards soupçonneux dès qu'il était question de lui.

« Ouais je sais, je lui ai fait son badge tout à l'heure », ai-je dit en continuant de fixer mon verre d'un œil morne dans l'espoir de paraître indifférente, alors que mon cœur venait de rater un battement avant de repartir en accéléré. Hind a continué sur sa lancée : « Bonne nouvelle, hein ? » Bastien a levé la tête vers nous avant que je ne puisse répondre quoi que ce soit. « Joël ? Tu sais qu'il est marié ?

— Ah bon ? Je savais pas, a fait Hind, sincèrement surprise.

— Ben oui, a poursuivi Bastien, il a même trois gamins ! »

Trois tonnes de plomb sont tombées dans mon estomac. À ce moment, j'ai compris qu'il était trop tard. Ce que j'avais d'abord pris pour un gentil « *crush* », comme disent les gens qui disent « *shit happens* », était en réalité plus sérieux. J'étais réellement amoureuse, sans retour en arrière possible. Et sans aucun espoir que notre histoire débouche sur quelque chose.

À trente et un ans, je me connaissais trop bien, je savais qu'il me serait impossible de lâcher l'affaire, rester avec Milan et tenter de redonner une seconde jeunesse à notre relation, comme si rien ne s'était passé. Je ne pouvais tout simplement pas m'empêcher d'aimer ce gars, malgré sa femme et ses gosses. J'allais droit dans le mur, comme une héroïne de tragédie. Je savais tout cela, et j'étais morte de trouille.

Les adultes & le Père Noël

C'est le soir de mon trentième anniversaire que j'ai commencé à soupçonner les adultes de ne pas exister. J'avais invité quelques amis à la maison, et la question inévitable est restée en suspens pendant quelques heures, jusqu'à ce que l'un d'entre nous soit assez bourré pour la poser. C'est mon pote Hervé – qui a toujours eu le chic pour mettre les pieds dans le plat – qui a osé l'énoncer: « Alors, ça fait quoi d'avoir trente ans ? » J'ai failli répondre « tu devrais le savoir, vu que t'en as trente-deux », mais j'aimais bien Hervé, je n'avais pas envie de le vexer. « Oh, rien de particulier : j'ai toujours l'impression d'en avoir seize... », ai-je dit.

En réalité, avoir trente piges ne me faisait pas « rien de particulier », comme je venais de l'affirmer. Il était curieux de réaliser que, scientifiquement, j'avais trente ans, alors que j'avais sincèrement le sentiment d'en avoir seize. Je me souvenais parfaitement de l'année de mes seize ans, et j'étais toujours la même personne. Je n'avais pas changé.

Bien sûr, j'avais appris quelques trucs, accumulé du savoir et de l'expérience, mais à quoi me servait cette expérience si je ne la mettais pas à profit (pour, par exemple, éviter de répéter mes erreurs passées, comme prendre une cuite en semaine ou tomber amoureuse d'un mec marié) ?

J'étais toujours aussi peu sûre de moi, immature. J'avais toujours aussi peu de goût pour le travail et la discipline. Je remettais toujours les démarches chiantes (Pôle emploi, mairie, coup de fil hebdomadaire à mes parents) au lendemain. Le bac à légumes de mon frigo 1) ne contenait pas le moindre légume, mais des bières, et 2) n'avait pas été nettoyé depuis... depuis... rhô là là, pas la moindre idée. Depuis l'achat du frigo, je suppose. Je ne savais toujours pas quoi écrire au dos des cartes postales destinées à la famille. J'avais toujours peur d'exaspérer la boulangère en mettant trop de temps à sortir les sous de mon porte-monnaie. Je ne savais toujours pas quelle attitude adopter pour laisser ma place aux femmes enceintes ou aux personnes âgées dans le métro sans les vexer (surtout depuis qu'un jour j'ai offert mon siège à une femme avec un gros ventre, qui m'a rétorqué : « Je ne suis pas enceinte, j'ai accouché il y a cinq mois. »). Je n'avais encore jamais envisagé la possibilité d'avoir un enfant. Ni celle d'arrêter de fumer. Arrêter de boire, ça oui, j'en parlais à chaque lendemain de murge, mais cette résolution était oubliée deux jours plus tard. J'avais beau être devenue végétarienne, si je passais devant un McDo encore ouvert en sortant du bar, je ne parvenais pas à résister à l'appel du Royal Cheese. Je tombais toujours amoureuse aussi vite, de mecs avec qui toute relation était impossible, et je laissais tomber tout le reste de ma vie quand ça m'arrivait.

Cela faisait donc quatorze ans que j'avais seize ans.

Quand je leur ai dit ça, mes potes ont tous répondu qu'eux aussi se sentaient toujours ados.

Ma collègue Émilie, mère de famille, se comporte comme une gamine mesquine dans la cour de récré, disant du mal des gens derrière leur dos, colportant des ragots, montant les meufs du marketing les unes contre les autres pour créer des embrouilles qui semblent la distraire.

Delphine, l'assistante de pub, vient souvent, gênée, me réclamer un formulaire de demande d'avance sur salaire, et le lundi suivant elle porte une nouvelle robe et de nouveaux escarpins hors de prix. Bonjour la maturité.

Lors d'une formation bidon chez Pôle emploi, j'ai un jour assisté à un tour de table où chacun devait résumer son parcours professionnel ; j'ai vu des cadres en costard se mettre à trembler, rougir et bafouiller au moment de prendre la parole en public, on se serait cru au collège.

Même ma grand-mère (qui a quatre-vingts ans) a parfois des réactions de petite fille gâtée.

Sans parler de Milan, qui à quarante ans ne sait ni accomplir une démarche administrative, ni chercher du boulot, ni rapporter du supermarché la totalité des produits qui figurent sur la liste, ni mettre le moindre euro de côté, ni même refermer l'emballage du fromage dans le frigo.

Les adultes responsables, sûrs d'eux, sur lesquels on peut se reposer, ces gens stables dans leurs relations affectives, ces gens qui savent ce qu'ils veulent, ces gens aux jugements réfléchis et justes que je croyais voir quand j'étais petite sous les traits des parents, professeurs ou médecins... *Où sont-ils ?*

Je n'en ai pas rencontré un seul depuis que je suis moi-même adulte.

Gamine, je croyais dur comme fer que des choses comme l'angoisse au moment d'aller résoudre une équation au tableau disparaissaient avec le temps. Je pensais que, devenus grands, les gens cessaient de se mettre à quinze pour humilier le petit boutonneux à lunettes dans la cour de récré. Qu'ils ne se sentaient plus intimidés au moment d'inviter à dîner une personne qui leur plaît. Qu'ils ne pleuraient jamais dans leur lit. Qu'ils savaient comment fonctionnent les remboursements de la Sécu. Je me rends compte à présent que tout ça, c'était du flanc. La vérité, c'est que les adultes n'existent pas.

Le concept d'adulte serait-il monté de toute pièce pour impressionner les enfants, comme le Père Noël ?

Adulte, on n'est jamais qu'un gamin à qui on a confié des responsabilités, avec lesquelles on se démerde comme on peut.

Rue de la Lessive-Saint-Marc

Depuis que Joël travaillait à temps plein chez Bacillus, me lever pour aller bosser était devenu agréable. Si la sonnerie du réveil commençait par m'exaspérer, très vite me revenait en mémoire que dans la journée, j'allais presque à coup sûr le croiser. En trois minutes, j'étais debout. J'apportais plus de soin qu'auparavant à ma tenue et à mon maquillage, veillant cependant à ce que le changement ne soit pas flagrant: au boulot, les ragots circulaient aussi vite que les compotes gratuites.

Certains jours, Joël et moi ne faisions qu'échanger des sourires en nous croisant dans le couloir. Parfois, on fumait une cigarette ensemble, en bas. Il avait ce geste tendre de mettre ses deux mains autour de ma clope pour l'allumer. Nous avons plus d'une fois partagé l'ascenseur (qui n'est, malheureusement, jamais tombé en panne au moment où nous nous y trouvions). Il nous est aussi arrivé de déjeuner l'un en face de l'autre, entourés d'autres collègues. Chacun de ces instants était une petite joie. J'avais décidé de ne rien tenter pour faire prendre à notre relation un tour plus intime, à cause de sa femme et ses gosses, mais je me souviens encore de chaque moment, je les ai rangés précieusement dans mon cœur d'artichaut, comme dans une boîte à bijoux.

Il arrivait aussi qu'il ne soit pas là pendant plusieurs jours, car il partait encore, de temps à autre, en reportage. Ne pas le voir était un peu décevant, mais cela empêchait la routine de s'installer, c'était comme un jeu : demander à quelqu'un de sa rédaction quand il allait rentrer était impossible sans éveiller les soupçons. Du coup, j'étais toujours sur le qui-vive, prête à le voir débarquer n'importe quand. Qu'il soit absent le matin ne signifiait pas que je passerais la journée sans le voir, il se pointait parfois au bureau à dix-sept heures... Le boulot le plus ennuyeux du monde s'était transformé en quelque chose de trépidant, où il pouvait toujours se passer un truc chouette.

Un soir, au lundi c'est permis, alors que nous fumions dehors, Gaëlle a orienté la conversation vers la difficulté de gérer une famille nombreuse quand on a un travail contraignant, avec des horaires élastiques. « La seule solution, c'est d'avoir un mari qui gère bien », a-t-elle dit. Puis, se tournant vers Joël : « Toi, ta compagne, ça va, elle arrive à s'occuper seule de vos enfants, elle accepte tes déplacements, tes horaires ? » Le mot « compagne » m'a fait l'effet d'un coup de poing dans la gorge. C'était stupide, alors que je savais depuis des semaines que Joël était marié ; mais c'était ainsi. Il a semblé gêné. Jamais encore il n'avait mentionné sa femme ou ses gamins en ma présence. Il a vu que je le regardais, a détourné les yeux vers le sol, a pris une inspiration et a dit à ses Dr. Martens : « Oh, ben euh ma, hum, ma... compagne... Non, elle a du mal à accepter que je ne sois pas souvent là pour l'aider. » Gaëlle, captant qu'elle avait abordé sans le vouloir un sujet délicat, s'est mise à parler d'autre chose.

Je ne rêvais pas : mentionner sa régulière l'avait embarrassé. Et il venait d'avouer que ça n'allait pas si bien que ça, dans son couple. D'ailleurs, si elle gueulait qu'il n'était pas assez souvent à la maison, qu'est-ce qu'il foutait au bar un lundi soir ?

Une demi-heure plus tard, alors que je commençais à dire au revoir à tout le monde, Joël a annoncé qu'il était l'heure, pour lui aussi, de rentrer. Nous avons fait le chemin ensemble jusqu'au métro, juste nous deux. On a parlé de musique, les groupes qu'il aimait, ceux que j'avais photographiés, la fois où j'avais bu du whisky discount avec La Souris Déglinguée dans la loge du Glazart...

« Tu me montreras tes photos, un jour ?

— Holà, j'ai dit, gênée. Oh non, tu sais elles sont pas terribles...

— Si, si, sois pas timide ! Ça m'intéresserait vraiment de les voir. »

J'ai rougi. On ne prenait pas la même ligne, on s'est dit au revoir devant la rangée de tourniquets. Il a eu l'air ému en se penchant pour m'embrasser. On a eu un raté, en voulant se claquer la bise on s'est cognés maladroitement l'un contre l'autre, incapables de bien évaluer la distance. En même temps on a dit « désolé ! » puis on s'est mis à rire, un petit rire gêné. Sous son hâle, ses joues étaient toutes roses. Ça ne pouvait pas juste être moi qui me faisais des idées. Quand on trouble quelqu'un, on le sent.

Ce ballet de séduction s'est poursuivi, sans qu'aucun mot explicite ne soit prononcé, sans qu'aucun geste équivoque ne soit commis. Je tardais à prendre une décision, de peur de briser l'équilibre qui s'était établi. J'aimais me sentir vivante, avoir le cœur qui s'emballe, avoir envie de piquer un sprint dans la rue. Je savais pourtant qu'il allait falloir faire quelque chose. Être tombée amoureuse d'un autre garçon signifiait clairement que je n'aimais plus Milan. Moi qui avais toujours crié sur les toits mon attachement à la franchise et l'honnêteté dans les relations de couple, je contredisais à présent mes propres principes. Tant que, techniquement, je n'avais rien à me reprocher…

Milan ne semblait se rendre compte de rien. Le fait que je passe de plus en plus de soirées avec mes collègues ne l'a jamais fait ne serait-ce que hausser un sourcil – pourtant c'est le genre de mec qui sait faire ça, hausser un seul sourcil, comme Sean Connery ; c'est un truc que j'avais trouvé séduisant chez lui. Il en profitait pour faire ses mix sur l'ordi, il avait la paix. Les rares soirées que l'on passait ensemble à la maison, on ne dînait presque plus côte à côte dans le canapé en regardant des séries, comme on le faisait auparavant. À présent, une fois la table débarrassée, j'ouvrais mon ordi, je mettais mon casque et j'écoutais de la musique, tout en guettant Facebook. Depuis que Joël m'avait ajoutée à ses amis, je passais beaucoup trop de temps sur son profil, à regarder ses photos, tenter de deviner si l'une des femmes présentes dessus pouvait être la sienne… Mais les cinq ou six photos dans lesquelles il était tagué le montraient à une réunion d'asso de photographes. Aucune image de ses proches. Il semblait ne se servir du réseau social que pour promouvoir son travail, tenir ses amis au courant des reportages qu'il publiait. Elles étaient belles, ses photos. Il avait une façon de donner de l'importance aux gens devant l'objectif, de faire ressortir leur personnalité sur une image figée. Un talent que je n'ai jamais eu. Il faut sincèrement aimer les gens pour réaliser de telles photos... Il dessinait, aussi. Avait un coup de crayon assuré, savait montrer beaucoup avec peu de traits. Il faisait partie de ces personnes qui savent manier l'encre de Chine en un seul geste spontané. J'étais admirative. De son talent, et de la profondeur qu'on sentait en lui quand on regardait son travail. Sa bienveillance.

Les jours passaient, formant des semaines qui se mettaient par quatre pour faire des mois. Le ventre de Pénélope s'arrondissait dangereusement. Je l'ai accompagnée dans un magasin bio pour acheter de la pommade contre les vergetures, sans lui parler du photographe, de peur qu'elle ne désapprouve. De lui, je ne parlais à personne. J'étais avec Milan, je n'avais pas le droit d'avoir un *crush* sur quelqu'un d'autre. L'évidence de devoir quitter Milan un jour ou l'autre m'apparaissait clairement, mais j'évitais d'y penser, comme on remet à plus tard la déclaration d'impôts tout en sachant qu'on n'y coupera pas.

La présence de Joël illuminait, certes, mes journées au travail, mais cela ne signifie pas pour autant que mon boulot me plaisait – loin de là. L'accueil, comme toutes les rédactions, avait souffert de la fameuse « crise » qui a si bon dos. Les diverses restructurations avaient donné des idées à cet incapable de Forrest Gump qui, jusque-là, à part faire des blagues de cul et nous hurler dessus de façon injustifiée, ne servait à rien. Un beau jour, après sa pause déjeuner (qui s'étendait jusque vers les quinze heures), il est venu s'accouder au comptoir de l'accueil avec un de ses potes chef de quelque chose, s'adressant à lui comme si je n'étais pas là : « Ce qui serait bien, dans cette boîte, ce serait que les hôtesses nous fassent des massages, tu ne trouves pas ? » Je me suis contentée de lever les yeux au ciel. Il plaisantait, bien évidemment. Cette innocente boutade ne visait qu'à m'humilier, et à faire le coq devant son copain.

À défaut de massages, il a décrété que les hôtesses, dorénavant, occuperaient leur « temps libre » en remplissant des tableurs Excel pour le compte du service marketing. Nous devions saisir des coordonnées de clients potentiels dans un fichier, afin que le marketing leur envoie de la pub – on dit des « offres d'abonnement », et on appelle ça un « mailing ». Ça éviterait de recruter des intérimaires pour faire ce boulot. Émilie et moi avons commencé par refuser tout net. Le délégué du personnel, que nous sommes allées consulter, a poussé des hauts cris, nous conseillant de ne rien faire tant qu'on n'avait pas d'avenant à nos contrats ni d'augmentation de salaire. L'affaire a traîné, a été portée à l'ordre du jour de la réunion du comité d'entreprise. Pendant ce temps, les bulletins attendaient d'être saisis, la date du mailing approchait, on prenait du retard. Finalement, comme à chaque fois que les délégués syndicaux gueulent pour un truc, ils ont été renvoyés dans les cordes, des avenants à nos contrats ont été rédigés, aucune augmentation n'a été décidée (l'entreprise connaissant des difficultés financières bien commodes) et on a dû cravacher sur le tableur Excel. Encore une lutte perdue.

C'était lent. Encore plus prise de tête que je ne l'aurais pensé. Au bout de dix lignes saisies, j'en avais déjà marre. L'écriture des gens était difficile à déchiffrer. Le côté répétitif m'abrutissait. J'étais en rogne, et ça n'a fait qu'empirer quand Forrest, qui passait régulièrement s'assurer qu'on trimait comme de bonnes petites travailleuses pauvres, a décrété que ça n'allait pas assez vite. Le fichier ne serait jamais prêt dans les temps, à moins qu'on ne fasse des heures supplémentaires. Et on avait beau hurler, nous ne pouvions nous en prendre qu'à nous-mêmes : si on avait accepté cette tâche tout de suite, sans aller voir les délégués syndicaux, on n'aurait pas pris de retard, et donc pas eu besoin de rester plus tard le soir. Fatiguée d'avoir déjà remué ciel et terre en vain, cette fois-ci je n'ai pas protesté. À ma collègue, qui demandait comment elle allait faire avec ses petits Enzo et Mattéo, Forrest a rétorqué qu'elle n'avait qu'à s'organiser. Les noms de clients s'enchaînaient. Certains portaient des noms un peu rigolos, comme M. Bonsang, M. Coqu ou M. Flajolet. L'idée m'est venue en saisissant Mme Sécheresse, résidant route du Blanc : parfois, la vie est bien faite – d'autres fois, on peut l'aider un peu. Hop, je me suis lancée gentiment, transformant la rue de la Fontaine-Saint-Marc en rue de la Lessive-Saint-Marc. M. Boulard s'est retrouvé rue Marc-Dorcel, M. Chesnel s'est mis à habiter Bordeaux pour faire comme les rillettes Bordeau Chesnel, et ainsi de suite. J'ai un peu hésité, au début, à entrer pareilles conneries dans le tableur Excel. Mais, après réflexion, ces envois étant automatisés, ces petits écarts, parmi des centaines de noms, seraient plus difficiles à déceler qu'une aiguille dans une meule de foin. Alors je me suis fait plaisir. Ces blagounettes n'étaient pas spécialement matures, et ne m'auraient probablement même pas fait sourire si je n'avais pas été en train de trimer à plus de vingt heures, mais elles représentaient des petites bouffées d'oxygène au milieu du dur labeur.

Alors que la date du mailing approchait, les heures supplémentaires sont devenues extravagantes. Le vendredi précédent le lundi où les envois étaient prévus, j'ai dû rester extrêmement tard, seule à mon accueil, avec le veilleur de nuit qui passait de temps en temps voir si tout allait bien et boire un café.

Il était 2 h 30 du matin quand le Noctilien m'a enfin déposée en bas de chez moi. J'ai dû m'y reprendre à trois fois pour taper le code de l'immeuble : dès qu'on appuie un peu trop longtemps sur une touche, l'appareil capricieux considère qu'on a tapé le chiffre deux fois. La fatigue m'empêchait de mener à bien cette opération anodine mais délicate. J'ai soupiré après la porte qui refusait de s'ouvrir, en temps normal j'aurais copieusement juré, mais je n'avais plus assez d'énergie pour insulter la génitrice du digicode. Les escaliers m'ont fait l'effet d'un Everest. Lorsque je suis enfin arrivée au quatrième étage, m'agrippant à la rampe et soufflant comme un bœuf, et que j'ai ouvert la porte, le nuage de fumée m'a prise à la gorge. Milan devait avoir fumé environ cent douze cigarettes.

La bouteille de whisky que j'avais achetée trônait, vide, sur la table, au milieu des cendriers pleins. « Ben c'est à c't'heure-là que tu rentres ? T'as fait la bringue avec tes potes ?

— Oh non ! J'aurais bien aimé, mais non, j'ai bossé jusqu'à 1 h 20. C'était usant, il reste à boire ? »

Il a attrapé la bouteille, l'a soulevée pour mieux constater l'absence de liquide : « Bah non.

— Il ne reste pas des bières, ou un fond de vin ?

— Bah non. »

Je suis allée à la cuisine, où j'ai été accueillie par une montagne de vaisselle sale. J'ai ouvert le frigo. Plus rien à manger, pas même un vieux bout de fromage sec. Sur la table, pas même un quignon de pain.

Alors je me suis assise sur mon tabouret habituel, à la table du salon, et je me suis mise à pleurer. Milan s'est énervé. « Mais quoi ? Moi je croyais que t'étais au bistrot avec tes collègues, je pensais pas que...

— Je t'ai envoyé des textos pour te dire que je bossais tard.

— Ah bon ? J'écoutais de la musique, j'ai pas entendu mon téléphone. »

Il me faisait pleurer, et m'engueulait parce que ça le faisait culpabiliser. Les hommes sont formidables.

J'ai compté, depuis neuf heures du matin que je courais partout, ça me faisait une journée de seize heures. Je n'avais pas vraiment dîné, juste un paquet de chips du distributeur, j'étais affamée et aurais eu bien besoin d'un verre. Mais il n'avait pas fait les courses. « Tu veux que j'aille t'acheter quelque chose chez le rebeu en bas ? » il a proposé, plein de générosité. « Non, il est deux heures du mat', l'épicier est fermé depuis longtemps. »

Quand j'étais sortie du boulot, j'avais cherché un taxi, mais à l'heure de fermeture des bars, ils étaient tous occupés. Alors j'avais marché et pris un bus de nuit, puis un deuxième. Les lascars célibataires, généralement lourds à cette heure-ci, m'avaient laissée bien peinarde, guère attirés par cette fille aux yeux mi-clos qui bâillait toutes les trente secondes, trop crevée pour leur être d'une quelconque utilité.

J'ai chialé de plus belle. « Ça fait quinze jours que j'arrête pas de bosser, que je rentre à point d'heure. Je suis épuisée, à bout de nerfs, et toi, même pas tu fais les courses, même pas tu fais gaffe à ce que j'aie à manger quand je rentre ! »

Je suis passée à la salle de bains, puis suis allée au lit, où il m'attendait déjà. J'ai veillé à ne pas le regarder en entrant sous la couette.

« Ben tu fais encore la gueule ? »

Je n'ai pas répondu, lui ai tourné le dos, ai éteint la lumière.

Made in Normandie

Joël est arrivé vers moi, sourire timide, comme à l'accoutumée. « Hey Julie, ça va ? Je t'offre un café ? » Il revenait de deux semaines de reportage.

« Ah bah, pourquoi pas ? »

En me levant de mon siège bleu à roulettes, j'ai senti mes jambes tressaillir, me suis senti pousser des ailes, et mon cœur a cogné dans ma poitrine.

J'ai placé le bristol « L'hôtesse revient dans cinq minutes » sur le comptoir et l'ai suivi à la cuisine. Pendant que les cafés coulaient, il m'a raconté son voyage en Égypte. C'était juste avant le premier tour de leur élection présidentielle, un an après le Printemps arabe et la démission de Moubarak. Joël savait rendre son discours intéressant, sans s'écouter parler. Il n'était pas de ces reporters qui passent des heures à te baratiner sur leur périple, bombant le torse, attendant qu'on les admire comme des aventuriers. Au contraire, il m'a même posé des questions sur ce que j'avais fait pendant ce temps-là. « Oh, que dalle, rien d'important...

j'ai passé un week-end dans la maison de campagne de Mélanie, en Normandie, elle avait invité tout le monde de *Nature & Environnement*... Les collègues sont tous venus avec leurs marmots, c'était l'enfer... Le dimanche matin, tous les mômes étaient réveillés à sept heures et se sont mis à jouer en hurlant, pas moyen de profiter d'une grasse matinée... Bon Dieu, je déteste les gamins ! »

Ça l'a fait marrer. Comme s'il n'était pas propriétaire de trois enfants. Il n'a pas cherché à les défendre. On s'était accoudés au comptoir de la cuisine, devant l'évier et le four à micro-ondes. Je portais un nouveau haut blanc crème dont le devant était en dentelle ; je l'avais acheté la semaine précédente lors d'un après-midi shopping, me demandant pour chaque vêtement que j'essayais s'il plairait à Joël.

« Tu veux aller fumer une clope ? ai-je proposé.

— Oh, bof, je viens d'en fumer une, j'ai pas trop envie... Mais on peut sortir, si tu veux.

— Non, non, ça va. »

Il y a eu un silence. On a regardé un moment le fond de nos gobelets de café puis, en même temps, on a tourné nos visages l'un vers l'autre. Nous étions soudain très proches. Ma bouche ne se trouvait qu'à quelques centimètres de la sienne, qu'il a entrouverte. Mon bas-ventre me brûlait. J'ai regardé tout au fond de ses yeux noirs, qu'il a baissés. Ses doigts sont venus frôler mon avant-bras et, malgré moi, j'ai eu un mouvement de recul. Inexplicablement, je venais de briser ce moment où on aurait pu s'embrasser.

« Euh... En fait, j'ai bien envie d'une cigarette, pas toi ? » a-t-il dit au bout d'un moment qui m'a paru long. Ses joues étaient roses, son souffle semblait court, et sa main qui tenait le gobelet tremblait légèrement.

On s'est dirigés vers la porte de la cuisine, qu'il a tenue ouverte pour me laisser passer. La galanterie m'emmerde, comme si les meufs étaient des petites choses si fragiles qu'elles ne savent même pas ouvrir une putain de porte. Mais venant de lui, ça ne m'a pas agacée ; cela signifiait autre chose, me semblait-il.

Arrivés sur le parking, nous étions seuls. Je me suis creusé les méninges pour trouver un truc à dire, ne pas laisser s'installer ce silence lourd de ce qui avait failli se produire. Alors je me suis mise à parler de la saisie Excel, de ces gens qui avaient des noms idiots. Tirer la première latte de cette clope faisait indéniablement du bien, comme si un surplus d'adrénaline sortait de ma poitrine avec la fumée. Joël avait du mal à rouler son tabac, ses doigts tremblaient encore. J'ai fait semblant de ne rien remarquer. Tout en babillant sur la rue de la Lessive-Saint-Marc, je me demandais ce qui m'avait pris, tout à l'heure, de reculer mon bras. Joël pensait-il que je ne voulais pas de lui ? Comprenait-il que j'avais seulement paniqué ? Que j'avais envie de lui de façon si violente que ça m'effrayait ? Est-ce qu'un autre moment de ce genre pourrait arriver à nouveau ?

Pour l'instant, nous nous appliquions à faire comme si rien ne s'était passé. On a continué à parler du boulot jusqu'à ce qu'on enfonce nos mégots dans le sable du cendrier, puis il m'a à nouveau tenu la porte et on est rentrés. Alors que je revenais m'asseoir derrière l'accueil, il m'a dit « peut-être à tout à l'heure » avec un petit sourire, et je me suis assise, sonnée et heureuse.

Après cela, impossible de douter : non, je ne m'étais pas fait d'illusions, je n'avais pas juste mal interprété ce qui n'était que de la sympathie. Il avait bel et bien essayé de m'embrasser. Malgré sa femme et ses mouflets. D'un autre côté, si être marié avait déjà empêché les hommes d'avoir envie de coucher avec d'autres filles, ça se saurait.

Ce n'était plus qu'une question de temps, et d'occasion : on allait finir par avoir ce que les adultes appellent une « aventure ». J'en étais presque malade de joie.

Il pleuvait à verse quand je suis sortie du boulot. Je n'avais pas revu Joël de tout l'après-midi, mais ça ne m'empêchait pas d'être encore sens dessus dessous. La journée, marquée par la nouvelle de la mort d'Éric Charden, le mec de Stone, avait été ponctuée de vaches rousses, blanches et noires sur lesquelles tombent la pluie, de bon cidre doux et de filles aux joues rouges qui donnent aux hommes de là-bas, qui donnent aux hommes de l'amour, le tout fredonné par à peu près tout le monde. Le chef de pub du magazine d'équitation, pour la circonstance, avait abandonné son traditionnel *Besoin de rien envie de toi* au profit de la Normandie, et avait collé la chanson dans la tête de tout un chacun. Les vieux tubes de variété française sont plus contagieux qu'une bonne gastro. Ça se perd, n'empêche. Avec Internet, le nombre illimité de chaînes TV et de radios, plus personne n'est obligé d'entendre les derniers hits à la mode ; on peut vivre une vie entière sans avoir jamais entendu un seul titre de Lady Gaga ou Justin Bieber – ce n'est certes pas une grosse perte, mais quelles références communes auront les gamins d'aujourd'hui, quand ils seront adultes ? Chanter du Stone & Charden, mine de rien, ça rapproche les générations et les classes sociales. De Roland, du courrier, au tout-puissant DG, tout le monde, chez Bacillus, fredonnait.

J'ai mis mon casque d'iPod sur les oreilles, sélectionné *I'm on Fire*, la chanson de Springsteen reprise par Electrelane qui correspondait si bien à mon état d'esprit, et j'ai ouvert mon parapluie pour me diriger vers le métro. Arrivée dans le vaste hall de la station, les gens que je croisais me regardaient d'un drôle d'air. Certains me suivaient du regard, les yeux écarquillés. « Ben qu'est-ce qu'ils ont, ces cons-là, ils ont jamais vu une fille heureuse de la perspective d'une liaison extraconjugale ? » C'est au moment de franchir le tourniquet que j'ai eu la Révélation : je tenais encore mon parapluie ouvert au-dessus de ma tête. « Bon OK, j'ai rien dit, ne m'emmenez pas de force aux urgences psychiatriques, ça arrive à tout le monde d'oublier des trucs, non ? »

C'est sorti tout seul, presque malgré moi. Les meilleures décisions se prennent souvent toutes seules. Résultat d'un vrai ras-le-bol, brusque expression d'un mal qui durait depuis trop longtemps, d'une situation qui n'en pouvait plus de pourrir. Je ne sais plus qui a dit un jour : « Lorsqu'on se rend compte qu'on en a assez de quelqu'un, c'est qu'on en a déjà plus qu'assez. » Ce doit être pour cela qu'à la fin du repas, j'ai quitté Milan. J'étais pourtant rentrée du boulot comme d'habitude, j'avais pris une bière, en avais décapsulé une pour Milan, avais ouvert un paquet de bretzels que j'avais posé sur la table du salon. Je ne sais même plus de quoi nous avions bavardé, mais tout allait pour le mieux. Ensuite je suis allée à la cuisine faire rissoler des pommes de terre, dans une autre poêle j'ai fait sauter une courgette et quelques champignons émincés. Le dîner s'est bien passé, et sitôt la dernière bouchée avalée, je ne sais pas pourquoi, j'ai dit à Milan : « Faut que je te dise un truc. Pour moi, on n'est plus un couple. »

Milan s'est accoudé à la table et m'a regardée, abasourdi. Ses yeux ronds réclamaient une explication, que je lui ai fournie. On ne fait plus l'amour que tous les trente-six du mois, et encore, seulement quand ça tombe pendant la semaine des quatre jeudis. On ne fait plus rien ensemble. Le week-end, tu roupilles ou tu prends de la drogue. On ne partage plus rien. De fait, et avec toute l'affection que j'ai pour toi, on n'est plus un couple. « Bon, ben si tu le prends comme ça, j'ai plus rien à faire ici », a-t-il déclaré en se levant. Il a attrapé son perfecto si vite que j'ai à peine eu le temps de comprendre qu'il partait, a ouvert la porte d'entrée (ou plutôt de sortie) à la volée, et a raté son départ théâtral car il s'est aperçu qu'il oubliait ses clopes. Il est revenu sur ses pas, les a attrapées sur la table basse, ainsi que son téléphone, pour les fourrer dans la poche de son blouson. « Tu vas où ? ai-je faiblement demandé.

— Qu'est-ce que ça peut te foutre ?

— Ben, tu veux pas, je sais pas, en discuter ?...

— Y a rien à dire. »

J'avais été idiote de poser cette question. Bien sûr qu'il n'avait aucune envie de discuter, je venais de lui asséner un choc, il avait besoin d'encaisser avant d'en parler. Il est parti d'un pas martial, en claquant la porte. Je l'ai rouverte, et du haut des escaliers qu'il dévalait en trombe, j'ai crié : « Mais eh, tu peux toujours habiter ici, le temps qu'on trouve une solu... » La porte d'en bas a claqué avant que je n'aie achevé ma phrase. À près de dix heures du soir, c'est les voisins qui ont dû être contents.

Il n'y avait plus rien d'autre à faire que retourner chercher une bière dans le frigo, la décapsuler et allumer une cigarette. L'appartement m'a soudain paru bien calme, et vide. J'ai appelé Pablo Escobar dans l'espoir d'un peu de réconfort mais, couché sur le lit façon escargot, il ne m'a accordé qu'un fugace regard vert phosphorescent dans la pénombre, avant de reposer sa tête, signifiant clairement qu'il voulait qu'on le laisse roupiller en paix. Sentant le remords m'envahir, j'ai tenté de me raisonner : ça ne pouvait pas finir autrement, je savais depuis des mois que la rupture était inévitable. J'avais été brutale, voire cruelle. Mais je ne voyais pas comment j'aurais pu faire autrement. Existe-t-il une méthode pour larguer les gens sans les faire souffrir ? Si c'était le cas, ça se saurait...

Le lendemain matin, le lit était vide quand mon réveil a sonné. Je me sentais triste. En entrant dans la salle de bains, j'ai eu le sentiment de la voir pour la dernière fois. M'est revenu en mémoire le jour où j'avais visité cet appartement et où je m'étais offusquée devant la kitscherie du carrelage rose, sur lequel je n'avais finalement jamais posé de Vénilia léopard (on s'habitue à tout...), et avec lui tous les bons souvenirs que j'avais de notre histoire, à Milan et moi. Il y avait eu beaucoup de beaux moments partagés, même s'ils s'étaient raréfiés au fil du temps. Soudain, je n'étais plus sûre que rompre ait été une bonne idée. J'étais comme perdue dans la douche, et je refusais de m'apitoyer sur mon sort : je n'en avais pas le droit, c'était moi qui avais quitté mon mec. Il devait souffrir bien plus que moi. C'était moi qui lui faisais du mal...

Et cette saloperie de démaquillant Lierac à onze euros et quelques, qui ne se contentait pas de piquer les yeux quand, le soir, on passait dessus le coton imbibé ; il continuait de piquer les yeux quand, le lendemain matin, on pleurait sous la douche. On ne peut décidément pas faire confiance aux grandes marques de cosmétiques, même envoyées en service de presse aux magazines féminins. Quelle daube. Heureusement que je l'avais eu gratuitement... Quand on pense que des gens raquent une fortune pour ce truc, croyant qu'en investissant dans une bonne marque ils auront un produit de qualité... On nous prend vraiment pour des jambons.

Pour couronner le tout, j'avais cette stupide chanson de Stone & Charden dans la tête. C'est fou comme, dans les moments de vrai désespoir, on peut se mettre à penser à des conneries. En commençant à me sécher, regardant dans le miroir ma tête aux yeux rougis par les larmes et le démaquillant Lierac, j'ai eu une sorte d'Illumination : « Eh mais en fait, c'est *made in* Normandie qu'ils disent ! Bon sang mais c'est bien sûr ! » Quand j'avais connu cette chanson, j'étais trop petite pour connaître les termes anglais « made in » ; à la maternelle, j'avais un camarade prénommé Mehdi, aussi avais-je cru qu'ils chantaient « Mehdi Normandie ». Ça ne voulait, certes, pas dire grand-chose, mais je ne voyais pas d'autre solution (avouons que cette question ne venait pas très souvent me tarauder). Et là, dans la salle de bains, la Révélation. *Made in* Normandie. J'étais triste, je ne savais pas si j'avais bien fait de quitter Milan, je n'étais pas sûre de ne plus vouloir être avec lui, pas sûre de ne plus l'aimer, je ne savais pas si je devais chercher un nouvel appartement, je ne savais pas ce qui allait se passer avec le photographe... Mais au moins, je savais désormais que la chanson s'appelait *Made in Normandie*.

À peine arrivée au boulot, j'ai envoyé un message à Pénélope via Facebook pour lui annoncer la nouvelle. Merveille du Web 2.0, deux minutes plus tard, elle me répondait « ouloulou ». Délicieuse onomatopée qui ne s'apprécie qu'à l'écrit, surtout quand elle répond à la phrase : « J'ai quitté Milan, et je ne suis plus certaine que c'était une bonne idée. » J'ai pouffé toute seule et, dans mon malheur, me suis estimée chanceuse : sur je ne sais combien de millions de personnes peuplant ce monde, il n'y en a qu'une seule capable de réponde « ouloulou » à ce genre de message, et cette personne se trouve être ma meilleure amie. Même dans son dernier mois de grossesse, elle restait drôle et réconfortante, comme elle l'a toujours été. Une seconde réponse a suivi : « OK, je vois... T'es libre pour aller aux Vendanges après le taf ? » Les Vendanges, c'est le bar de quartier qu'on a adopté quand on était à la fac, et que l'on continue à fréquenter. Le patron nous file des assiettes de frites gratos, et des shots de rhum arrangé au moment où on va payer – et où on a donc déjà bu plus que de raison. Bien que déjà en congé maternité, Pénélope proposait de prendre le train de banlieue avec son ventre énorme jusqu'à la capitale pour soulager ma peine de cœur, spontanément. Mon amie, même enceinte, reste une perle (en plus, maintenant elle en a la forme).

Le téléphone a sonné. « Éditions Bacillus, bonjour ?

— *Hello, do you speak english?*

— *Yes, a little bit.* »

Je me débrouille plutôt bien en anglais, mais je préfère dire que je le parle «un peu». C'est plus modeste, et ça évite l'humiliation de faire une grosse faute de grammaire juste après avoir prétendu *speaker english fluently*. Là, le mec au bout du fil avait un ton prétentieux au possible qui m'a immédiatement déplu. «*Hum, I need to talk with someone who speaks english* well. *So, pass me someone else.*

— *I understand, Sir. So, could you pleeeease go fuck yourself? Thank you so much, bye-bye.*»

Sur quoi j'ai raccroché. Pas de bol pour ce fils de pute, c'était pas le jour pour me parler comme à une débile. Quand t'appelles l'étranger, tu respectes les gens qui font l'effort de s'adapter à ta langue, même s'ils le font maladroitement. Lorsque le téléphone s'est remis à sonner et que, sur l'écran, j'ai reconnu le numéro de l'Angliche, j'ai directement transféré l'appel à ma collègue Émilie, dans l'autre bâtiment.

Flanby, maroilles & lettre recommandée

Parler de ma rupture pendant quelques heures avec Pénélope m'a fait un bien fou. Les pintes qui accompagnaient cette conversation aussi. Quand je suis rentrée chez moi, soulagée d'avoir enfin tout raconté à mon amie et d'avoir trouvé en elle une oreille compréhensive, l'appartement était plongé dans l'obscurité, et Milan était endormi dans notre lit.

Durant les jours qui ont suivi, nous nous sommes évités, nous adressant à peine la parole les rares fois où nous nous croisions. Soit je sortais et il s'arrangeait pour être déjà en train de dormir (ou de faire semblant) quand je rentrais, soit, les soirs où je restais à la maison, c'est lui qui sortait voir ses potes. Le samedi 5 mai, il a passé la journée à roupiller. Moi, comme d'habitude, je me suis chargée du ménage, des courses et de la lessive, puis j'ai mis le cap vers la bibliothèque, où j'ai emprunté un roman où il était question d'une trentenaire qui, alcoolique fraîchement repentie, devenait mère pour la première fois. Le sujet de la maternité commençait à me toucher de trop près pour que je n'éprouve pas le besoin de comprendre. Il faisait beau; je suis allée lire quelques heures au parc. À mon retour, au coucher du soleil, Milan n'était plus là. Dans la boîte aux lettres, il y avait un avis de passage: un courrier recommandé m'attendait au bureau de poste, je devrais aller le chercher lundi.

Le lendemain, on s'est enfin croisés au petit déjeuner, vers midi, et on a eu notre première vraie conversation depuis cette fameuse soirée: alors que je me mettais en route pour le bureau de vote, il a ricané. « Tu te fatigues pour rien. Vraiment, tu crois que ça sert à quelque chose d'aller voter pour cette endive de François Hollande? La gauche, la droite, c'est bien la même chose: que des connards qui veulent s'en mettre plein les fouilles. Ils se foutent bien de notre gueule, à nous autres connards de prolos, va. » Possible qu'il ait raison, cet anar de droite (quoi que ce terme veuille dire – probablement qu'un anar de droite méprise tout le monde à part Louis-Ferdinand Céline, alors qu'un mec normal de droite ne méprise que les gens qui n'ont pas beaucoup d'argent), mais son cynisme m'avait toujours agacée. Il n'était même pas inscrit sur les listes électorales. Quand il parlait de la gauche, s'il ne crachait pas, c'était uniquement pour ne pas salir le parquet. « Les socialos, en 81, je les ai vus, toi tu t'en souviens pas, t'étais trop jeune... Après ça, plus moyen que j'aille voter pour ces peigne-culs. Ils appellent ça la démocratie... c'est juste un autre nom pour le système féodal. » Il était assis derrière son ordi, en slip et T-shirt, faisant défiler son fil d'actu

Facebook. Une photo circulait, prise dans un supermarché : dans un bac à produits frais en promo, des employés du magasin s'étaient amusés à mettre, du côté droit, des camemberts Président, et à gauche, des desserts Flanby. Ça nous a fait rigoler. Première fois qu'on riait ensemble depuis notre rupture. Peut-être, finalement, allions-nous pouvoir vivre en colocation sans trop de problèmes, voire être amis, le temps que chacun trouve où aller.

Après avoir glissé mon bulletin estampillé Flanby dans l'urne – sans grand espoir de voir l'avenir s'illuminer, mais en me disant que je me sentirais mieux si le pays où je suis née n'était plus gouverné par une sorte de Louis de Funès pas drôle – je suis revenue à l'appartement. J'ai sorti de quoi me faire un casse-dalle tomate-mozza-roquette, demandé à Milan s'il avait faim, puis nous ai préparé deux sandwichs (avec du bacon pour lui, qui trouve que les végétariens ne savent pas vivre – c'est la version sobre : quand il a un coup dans le nez, ceux qui refusent de manger de l'animal mort sont des fiottes – une opinion qu'il avait pris soin de taire tant que nous ne vivions pas ensemble). On a mangé en bavardant de choses et d'autres, ses collègues, son groupe dont la chanteuse l'énervait à se la péter rock star, l'amende qu'il s'était prise pour refus de priorité alors qu'il conduisait la camionnette du boulot... Il n'y avait, apparemment, plus d'hostilité entre nous. Soulagée, j'ai passé l'après-midi à lire dans notre chambre, Pablo Escobar ronronnant sur mes genoux, pendant que Milan faisait de la musique dans l'autre pièce. Comme avant. Au fond, rien n'avait changé ; séparément, nous cohabitions.

Le soir, mon pote Hervé avait eu l'excellente idée de convier toute notre petite bande chez lui pour prendre l'apéro en suivant les résultats de l'élection à la télé. Il y avait des bières fraîches, du vin blanc tiède, des tonnes de chips et toutes sortes de fromages : ma conception d'une bonne soirée.

Alors que j'étais aux toilettes, vers vingt heures, j'ai entendu des cris venant du salon : « Oh non ! » « Putain, c'est abusé ! » J'ai cru que, malgré la tendance des premiers résultats, Sarko avait été réélu. Mais non, c'était juste Rémi qui avait ouvert l'emballage d'un maroilles spécialement parfumé. Hollande est devenu président. J'ai reçu un texto de ma mère : « Coucou ma puce ! C'est super, un nouveau départ pour le pays ! Suis aussi contente qu'en 81, en espérant beaucoup de bonnes choses... biz. »

Quelqu'un a émis l'idée d'aller célébrer ça à la Bastille. Au départ, on était tous d'accord, sauf Émilie-la-petite qui a tendance à paniquer dans la foule. « Ouais, on y va, mais attendez les gars, je finis ma bière », a dit Hervé. Le temps qu'il finisse, d'autres avaient ouvert de nouvelles bières. Il a aussi fallu qu'elles soient terminées. Ça a fait pareil avec les clopes. On s'est tâtés pendant une bonne heure et demie, et puis Rémi a dit : « Allez-y sans moi, chuis trop bourré. » Il a été décidé que ceux qui ne voulaient pas y aller resteraient là. « Eh mais j'y pense, les bistrots, là-bas, y seront tous blindés, y aura pas moyen de boire un coup », ai-je objecté. C'est ainsi que nous n'avons pas participé à la liesse générale sur la place de la Bastille.

Nous avions tous déjà dépassé la trentaine, certains étaient même proches de la quarantaine. Et nous n'étions pas foutus de nous mettre d'accord pour nous rendre collectivement à trois stations de métro de là. L'une des dernières phrases que je me souviens avoir prononcées, index en l'air : « Eh, savez quoi les mecs ? J'vais vous dire un truc : les adultes n'existent pas. »

Je n'aime pas aller chercher les courriers recommandés. Déjà, flinguer ma pause-dèj pour aller faire la queue pendant une demi-heure, parce que forcément la Poste n'est ouverte que pendant mes horaires de boulot, puis devoir me contenter d'une soupe de nouilles instantanées mangée à même l'accueil, avec tous ces gens qui passent et demandent ce que c'est que cette odeur bizarre, ça me disait moyen. De plus, les recommandés n'augurent jamais rien de bon. Quand j'en reçois, c'est soit les Allocs qui me somment de rembourser un trop-perçu d'APL (« Bonjour, on a fait une petite erreur, on vous a versé pendant trois ans des sommes auxquelles vous n'aviez pas droit, alors maintenant, vous allez nous rembourser trois mille balles dans les deux semaines » – bien sûr que je les ai, vos trois mille balles… il ne me viendrait pas à l'idée de me balader sans avoir au moins cinq mille euros sur moi, c'est connu), soit le proprio qui augmente mon loyer, soit Pôle emploi qui, à l'époque, me radiait pour ne pas m'être présentée à un entretien auquel on avait oublié de me convier… Comme dit le chef de pub, c'est que du bonheur. Forte de ces expériences malheureuses avec les recommandés, en remontant à allure de limace la queue devant le guichet, j'ai eu le temps de me poser moult questions sur ce que celui-ci pouvait contenir, et d'imaginer des horreurs dignes de l'*Apocalypse selon saint Jean*. Pourtant, le brave apôtre et moi-même étions loin d'imaginer le contenu de cette lettre. « Convocation à un entretien préalable de licenciement. » Oh, bordel.

C'est la rue de la Lessive-Saint-Marc qui m'est d'abord venue à l'esprit. Oh non, quelle merde, tout ça pour une pauvre blague... même pas très drôle, en plus ! Monsieur Boulard aurait-il à ce point mal pris d'habiter rue Marc-Dorcel ?

Pour couronner le tout, le photographe a décliné mon invitation à venir boire un coup au Chanzy-Lizzy. Très poliment, baissant les yeux, il a dit qu'il devait rentrer tôt ce soir. Puis il a tracé, sans que j'aie le temps de lui annoncer que j'étais virée. Nous ne nous étions plus parlé depuis la mort d'Éric Charden, une semaine auparavant. Il me saluait, me demandait comment j'allais puis se dirigeait vers les bureaux de *Nature & Environnement* d'un pas pressé. Est-ce qu'il m'esquivait depuis qu'on avait failli s'embrasser ? Jusqu'ici, ça ne m'avait pas attristée ; je considérais cette attitude comme le signe qu'il avait réellement failli se passer quelque chose entre nous, que ce n'était pas le fruit de mon imagination. Il était normal qu'il hésite, il avait tout de même une femme et trois gosses... Je n'étais moi-même pas sûre d'avoir envie de briser cette famille. Mais le temps ferait son boulot, les meilleures décisions se prenant, comme on l'a vu, toutes seules. À force de nous croiser, si nous devions avoir une histoire, ça arriverait forcément. Jusqu'ici, nous avions tout le temps devant nous. Mais à présent, j'étais virée, sans même savoir pourquoi. Dans le meilleur des cas, il ne me resterait qu'un mois de préavis à passer entre les mêmes murs que Joël. Et dans le pire... s'ils me mettaient dehors avec pertes et fracas, je le saurais lors de mon entretien, mercredi.

Avant d'aller au Chanzy, je suis passée au crache-thune prendre vingt boules et vérifier l'état de mon compte. Le loyer était parti, il me restait quatre cents euros et quelques pour finir le mois ; on était le 7 mai. Et j'étais virée. J'ai fait demi-tour, emprunté une rue parallèle pour ne pas passer devant le bar où les collègues devaient être en terrasse, et je suis rentrée chez moi. Après tout, la veille, j'avais déjà assez picolé, en l'honneur de François Hollande. Maintenant que la France était socialiste, j'espérais que le Smic allait augmenter.

Chez moi, ça sentait comme si Milan avait fumé vingt-huit cigarettes entre le moment où il était rentré et maintenant – on termine le travail tôt, quand on bosse à la Poste.

« Salut, ça va ?

— Bah non, pas trop, a-t-il gémi. Je crois que j'ai chopé la crève.

— Ah merde. T'as raison, fume clope sur clope, ça va te soigner… Moi, me suis fait lourder du taf.

— HEIN ? Mais pourquoi ?

— Pas la moindre idée, j'ai dit en m'écroulant sur le canapé d'où Pablo Escobar a sauté en crachant, mécontent. Bon, j'ai écrit deux ou trois conneries sur le fichier Excel… Je pensais que ça ne se verrait pas… De toute façon ils m'aiment pas, à la direction. Allez, Pablo, fais pas la gueule, viens par là », j'ai dit en avançant la main vers le chat. Qui a reniflé mes doigts, puis a pris son élan pour sauter sur mes genoux où il s'est niché, enclenchant la machine à ronrons, pas rancunier.

« Merde, a dit Milan. Comment on va faire pour le loyer ? »

L'homme malade

En me réveillant le lendemain, j'ai constaté que Milan dormait tout habillé. Il avait même mis son écharpe autour du cou, un gros pull, son jean et ses chaussettes. J'étais allée me coucher avant lui, et n'avais pas vu dans quel attirail il s'était endormi. Toute la nuit, il m'avait piqué la couverture, m'obligeant à me réveiller pour la ramener sur moi en tirant de toutes mes forces. Il suait à grosses gouttes. J'ai appelé : « Milan ? Oh, Milan ? Eh, ça va ? » Pas de réponse. Je l'ai secoué. Il a vaguement oscillé sans faire le moindre mouvement, comme les bûches dans la cheminée, qu'on déplace à l'aide du tisonnier. Il m'inquiétait. J'ai secoué plus vigoureusement, en prononçant son nom plus fort. « Mmmmh, naaaan, ça va paaaas... chuis malaaaade... j'crois qu'j'ai d'la fièvre... » Il a saisi la couette pour s'enrouler dedans. On aurait dit un nem.

Je me suis levée, ai nourri le chat, me suis fait du thé... J'étais de mauvaise humeur, comme il était d'usage les week-ends. Nous étions le 8 mai, c'était férié. Parfois, lors de mes allers-retours entre la cuisine et le salon, je passais la tête par la porte de la chambre, où le nem ne bougeait toujours pas. J'ai fini par m'agenouiller à son chevet. « Eh, Milan ? Tu veux que j'appelle un médecin ?

— O... Ou... Oui s'il te plaît, a-t-il haleté.

— Euh mais t'es sûr que t'es pas trop couvert, là ?

— Nan ! J'ai froid », il a dit en tirant sur la couette, grelottant.

Wow. Impressionnée, je suis allée sur le site des Pages jaunes trouver le numéro de SOS Médecins. Appeler un docteur est l'une de ces responsabilités d'adulte dont je suis phobique. Déjà, me rendre chez mon généraliste constitue une épreuve à laquelle je n'accepte de me soumettre que lorsque j'estime mes jours en danger. Mais faire venir un médecin à domicile... J'ai toujours l'impression qu'il va m'engueuler, quoi, vous me faites perdre mon temps alors que vous n'avez que quarante de fièvre, mais vous êtes inconsciente mademoiselle, pendant que je suis là à vous prescrire du Doliprane il y a des tas de gens qui meurent comme des mouches en attendant ma visite, si je n'arrive pas chez eux à temps ce sera entièrement votre faute, vous aurez sur la conscience des *vies humaines* juste parce que vous toussez un peu vert !

Curieusement, comme il s'agissait de Milan, décrocher le téléphone a été plus facile. Cette fois-ci, je n'étais pas responsable des milliers de vies perdues à cause de ma pauvre petite fièvre. C'était la fièvre d'une tierce personne, cet acte n'était pas égoïste, au contraire ! Si je n'avais pas agi, ç'aurait été de la non-assistance à personne en danger.

Une heure plus tard, le toubib débarquait. Tout rond, tout rouge et désagréable, il a commencé par engueuler

Milan: « Mais qu'est-ce que c'est que ça, vous êtes beaucoup trop couvert ! Mais non, vous n'avez pas de fièvre, vous transpirez parce que vous avez mis trois pulls ! » Ensuite il a examiné mon ex, et a diagnostiqué une rhinopharyngite. La bonne vieille crève des familles. Il a sorti son calepin en tirant la gueule, a prescrit de l'Efferalgan, du pschit dans le nez et un autre pschit pour la gorge (on avait déjà tout cela dans l'armoire à pharmacie), et a conseillé à Milan : « Ne vous couvrez pas autant, reposez-vous, et demain vous retournez au travail. »

« Euh mais, ai-je dit, vous ne lui faites pas un arrêt maladie ?

— Non. Il n'a rien, votre ami. Demain matin il sera en pleine forme pour aller bosser. Pour peu qu'il arrête de superposer trois pulls au lit... »

J'ai rempli un chèque de soixante-cinq euros que j'ai tendu au docteur rougeaud, maudissant mon ex sur trente-huit générations.

L'homme malade... C'est l'un des seuls sujets de conversation sur lesquels je tombe d'accord avec ma collègue Émilie – et avec toutes les autres femmes de la Terre. Dès que l'un de nos hommes est malade, on leur trouve de nombreux points communs qui nous font hurler de rire. On finit toujours par conclure qu'heureusement ils n'ont pas leurs règles, sinon, une semaine par mois, on devrait porter des bouchons d'oreilles comme ceux qu'ils distribuent en festival pour ne pas les entendre geindre. Et encore... D'après les dires de mes amies devenues mamans, si les hommes devaient accoucher, la race humaine serait éteinte depuis environ quinze mille ans.

En recoupant nos informations de façon quasi scientifique, on a déduit que l'homme malade croit dur comme fer qu'il va mourir – ben oui, pensez ! Il a la crève ! Du coup, il refuse catégoriquement de voir un docteur : ce dernier risquerait de confirmer l'imminence de sa mort ! Imaginez l'horreur, si l'on devait mourir demain : qu'est-ce qu'on ferait de plus, qu'est-ce qu'on ferait de moins ? Dans les rares cas où l'homme malade accepte de consulter un médecin, rien n'est gagné : après avoir lu trois fois la notice de ses médicaments, effrayé par la liste des effets secondaires, il refuse de les prendre. On a beau lui expliquer que ces effets secondaires sont extrêmement rares, qu'il a plus de chances de tomber sur un conseiller Pôle emploi compétent que d'en être victime, il reste dubitatif. En réalité (c'est encore la conclusion de nos études scientifiques), l'homme malade ne veut pas prendre ses médicaments car ceux-ci risqueraient de le soigner. Et s'il va mieux, de quoi va-t-il pouvoir se plaindre ?

Le photographe se comportait-il ainsi, malade ? J'avais du mal à l'imaginer. Le visualiser au quotidien m'était impossible. Laissait-il traîner ses chaussettes sales roulées en boules ? A priori, ça ne lui ressemblait pas... Mais dire d'un homme qu'il ne laisse pas traîner ses chaussettes, c'est comme dire d'un chat qu'il ne fait pas ses griffes sur le canapé. À quoi Joël pouvait-il bien ressembler au réveil, les cheveux ébouriffés, traînant en caleçon dans la cuisine, se faisant peut-être un café ? Aucune idée. Je ne savais même pas comment était son corps, ne l'ayant vu qu'en jean et pull ou T-shirt. Avait-il beaucoup de poils sur le torse ? Une petite brioche discrète, comme en ont certains types minces, passé trente-cinq ans ? Était-il musclé ? Tout cela n'avait pas de sens pour moi – ce sont des choses que l'on doit normalement découvrir quand on devient intimes, avec le désir et les phéromones qui vont avec. Est-ce que j'allais aimer tout cela, son corps, son odeur le matin ? Aucune foutue idée. J'aimais seulement son visage, sa voix, sa silhouette, ses mots, sa façon d'être... Le reste cadrerait-il ? Aurais-je seulement l'occasion de le découvrir ?

Et Dieu créa le fax

L'espèce de barbouze en forme de tonneau qui nous sert de DRH m'a reçue avec vingt minutes de retard (mais lui, il a le droit, il se prénomme Gonzague). Trophée de l'armée de terre posé en évidence sur son bureau, à côté d'une photo encadrée d'une dame blonde entourée de trois adolescents portant chemises bleues et cravates (qu'ont donc les cadres d'entreprise à mettre des photos de leur famille sur leur bureau ? Dans tous les foutus bureaux de chefs où j'ai eu la malchance de mettre les pieds, on trouve une photo de leur petite famille. Peut-être pour les aider à se souvenir de leur épouse quand ils prennent en levrette leur secrétaire ? Même ma collègue Émilie a des photos d'Enzo et Mattéo à l'accueil, elle a même placé leurs chefs-d'œuvre de gribouillage en guise de sous-main – mais c'est sans doute pour imiter les chefs).

J'étais donc licenciée pour faute à la suite des trois avertissements réglementaires. Les deux précédents dataient ; il y en avait eu un pour des retards répétés le matin, un autre pour être partie un soir en oubliant de rendre son permis de conduire au technicien des ascenseurs – je lui avais, comme il était d'usage, pris en otage sa pièce d'identité contre le badge d'accès dont il avait besoin pour faire son travail ; à 18h30 j'étais rentrée chez moi, oubliant que le mec était toujours là, son permis resté dans le placard fermé à clef. Lui, sympa, m'avait pardonnée : « Heureusement que je ne me suis pas fait arrêter par les flics ce soir-là... » Forrest Gump avait été moins compréhensif. Le troisième avertissement, que je découvrais, c'était pour avoir insulté au téléphone un client important. M'est soudain revenu en mémoire l'Angliche à qui j'avais conseillé d'aller se faire foutre dans la langue de Shakespeare. Eh merde. Être bilingue est un plus, qu'ils disaient...

Je n'avais rien à dire pour ma défense, aussi n'ai-je point ouvert la bouche – pas même pour m'excuser. J'effectuerais mon mois de préavis, au cours duquel je formerais l'hôtesse qui allait me succéder. J'aurais droit à l'indemnité réglementaire. Et c'était tout, au revoir, bonne fin de journée.

En attendant le chômage, je cohabite tant bien que mal avec mon ex devenu mon colocataire, qui ne semble guère pressé de partir. À ma connaissance, il n'a entamé aucune démarche pour trouver un nouvel appartement, et je me sens trop coupable de l'avoir quitté pour le pousser dehors. Moi, je me suis créé une alerte e-mail sur le site De Particulier à Particulier, n'envisageant même pas de passer par une agence : peine perdue quand t'es pas en CDI – ou que ton CDD tire à sa fin. Assurant le standard téléphonique, je suis bien placée pour savoir que ces enfants de péripatéticiennes appellent l'employeur pour « vérifier des informations » sur leur futur locataire. Par principe, je ne leur passe jamais le DRH qu'ils réclament, je réponds qu'il est en réunion, je prétends être son assistante et leur fournis les informations qu'ils souhaitent : oui, la personne travaille ici, elle gagne bien la somme indiquée sur les fiches de paie fournies, elle n'est pas en préavis de licenciement ni n'a démissionné. Je n'ai aucune idée de ce que j'avance, mais je n'aime pas ces façons de faire, alors je couvre l'employé, systématiquement. Encore un truc pour lequel j'aurais pu me faire lourder si le Gonzague l'avait appris. Pour l'instant, à part un vingt mètres carrés à Saint-Denis et un studio à peine plus grand à Aubervilliers, ma recherche ne donne rien. Les loyers ont augmenté comme des possédés depuis trois ans, le moindre placard à balais coûte 650 euros. Et il faut gagner trois fois le loyer, ben voyons... le jour où je gagnerai trois fois 650 balles par mois, ma grand-mère fera la couverture de *Playboy* (avec ses bigoudis).

Pénélope a donné naissance il y a deux semaines à un petit Gabriel. Ça m'a sacrément secouée quand c'est devenu réel. Au point de fondre en larmes devant une poule à roulettes au Leclerc espace culturel, et d'insulter en pleine rue, sans raison valable, ce pauvre monsieur qui, si ça se trouve, souhaitait seulement me réconforter. J'ai encore honte lorsque j'y repense : comme une sensation acide qui me brûle, partant de mes jambes pour monter jusqu'à ma poitrine. Pauvre bougre... Et après, on déplore qu'à Paris les gens ne se parlent guère, que l'on peut se faire agresser dans l'indifférence générale ; peu de chances qu'après s'être fait agonir d'insultes, cet homme qui tentait un geste généreux ait à nouveau l'envie d'être sympa avec des inconnus. Qu'est-ce qui m'avait pris ? Il y a des moments où je me dis que si je me rencontrais, je me détesterais.

J'ai abandonné l'idée d'offrir un jouet. Je me suis traînée, lunettes de soleil masquant mes yeux rougis, dans une boutique de vêtements pour enfants, où j'ai choisi un body orné d'un petit pingouin et un T-shirt à l'effigie d'un éléphant tout mignon. À la caisse, la vendeuse a lancé un regard torve en direction de mon *beer belly* avant de demander, hésitante :

« C'est pour offrir ?

— Mais oui, évidemment ! Dieu merci !

— Souhaitez-vous une carte de fidélité ?

— Houlà, non, surtout pas ! »

Eh voilà, j'avais *encore* été désagréable.

De retour chez moi, encore rouge de honte que la vendeuse ait pensé que j'avais récemment accouché, j'ai fait cinquante abdos.

Le photographe a été désolé pour moi quand il a appris que j'étais virée, mais n'a pu retenir un sourire quand je lui ai raconté pourquoi, l'ancien punk en lui ne pouvant s'empêcher d'être fier de la façon dont j'avais poliment invité le client important à aller se faire foutre en anglais – du moins, j'imagine qu'il était fier. Toujours gentil, comme à son habitude, il n'a plus eu aucun geste pour se rapprocher de ma personne. À vrai dire, nous ne nous sommes plus jamais retrouvés seuls. M'évitait-il délibérément ? Je l'ignore. Lorsque l'on se retrouve à fumer sur le parking avec l'un ou l'autre de nos collègues, il n'allume plus mes cigarettes. Mon cœur a beau faire du *rollercoaster* à chaque fois que je le croise, rien ne se produit. Je ne fais rien, et lui ne fait rien non plus. Quand il passe devant l'accueil, il est souvent accompagné. Et je ne suis plus seule, depuis qu'a déboulé la tornade Louisa. La fille qui va me remplacer, et que je suis censée former.

Louisa n'a que deux ans de plus que moi, et elle a déjà trois enfants. Mèches blondes, grands yeux bleus, Louisa porte volontiers jupes et talons. À peine une semaine qu'elle est là, et déjà elle lance des « Ça va, tu vas bien ? » à tous les employés, qu'elle appelle par leurs prénoms. Incapable de la fermer deux secondes, elle me bombarde de questions sur ma vie privée et de potins sur les assistantes de pub, avec qui elle s'est tout de suite entendue comme si elles se connaissaient depuis l'école primaire. Incroyable, ce don qu'ont certaines personnes pour être immédiatement appréciées de tous. Non moins incroyable, son don pour foutre le bordel.

Elle débarque à l'accueil le matin, balance son vaste sac à main sur la table, en sort des tas de trucs, ses clefs, son rouge à lèvres, un paquet de mouchoirs, qu'elle ne range jamais, sous aucun prétexte. Elle laisse placards et tiroirs ouverts, offrant à la vue de tous le fouillis qu'ils contiennent. J'ai beau les refermer derrière elle, elle se démerde toujours pour les rouvrir. Chaque fois qu'elle a besoin d'un stylo, elle en sort un du pot, qu'elle ne remet pas en place après s'en être servie. Au bout de deux heures, le pot est vide, tous les crayons étalés sur le bureau avec plusieurs blocs de Post-it. À l'heure du goûter, elle mange un demi-pamplemousse au sucre, répandant des cristaux partout. Elle se débrouille pour se placer d'autorité devant l'unique ordinateur et va voir des conneries sur Internet, qu'elle prend plaisir à me montrer. Ainsi, dès le jour de son arrivée, elle m'obligeait à regarder un diaporama PowerPoint où défilaient des photos de roses, avec flou à la David Hamilton, au son de la chanson *Mon amie la rose*. « J'adore cette chanson, elle est maaaagnifique ! Tu la trouves pas trooop belle ? C'est ma meilleure amie Hassina qui me l'a envoyée par e-mail, c'est une vieille chanson, tu la connais ? La chanteuse, c'est, comment elle s'appelle déjà… Marie Myriam ? Elle est kabyle, comme moi, et elle a eu beaucoup de succès en France, c'est un peu notre fierté… » Non seulement elle est incapable de la fermer, mais elle débite les conneries par paquets de douze. C'est une chanson de Françoise Hardy, et Marie Myriam, en plus de ne l'avoir pas chantée, est originaire du Portugal.

Dès le premier soir, j'avais envie de l'attacher à son siège, de lui mettre une chaussette dans la bouche et de lui enfoncer des aiguilles sous les ongles.

Moi qui comptais mettre à profit mon temps libre à l'accueil pour refaire mon CV et écrire des lettres de motivation, avec Louisa qui squatte l'ordi, c'est râpé. Et quand je suis chez moi, m'y mettre n'est guère plus aisé. L'appartement n'a jamais été aussi propre que depuis que je dois chercher du boulot. Dès que j'ouvre un nouveau document Word avec l'intention de rédiger une foutue lettre, je m'aperçois que les vitres, qui n'ont pas été lavées depuis un an ou deux, sont vraiment trop sales, c'est pas possible, il faut vite faire quelque chose. L'autre jour, j'ai même vidé le frigo pour le nettoyer de fond en comble. L'être humain est plein de ressources, capable d'accomplir des miracles pour repousser le moment d'écrire une lettre de motivation.

Jusqu'à présent, l'expression « aller au travail avec la boule au ventre » m'avait toujours fait froncer les sourcils ; je ne comprenais pas qu'on puisse se mettre dans des états pareils pour un simple job. Depuis que Louisa a débarqué, la boule au ventre est devenue ma réalité. Je compte les jours, ne sachant si je souhaite qu'ils passent plus vite ou plus lentement : à la fin de mon contrat, je ne reverrai plus jamais Joël... mais je serai libérée de mon cauchemar quotidien. Dès son deuxième jour, elle a tenu à me montrer sur « Google herse », comme elle dit, son immeuble et la rue où elle habite. Très beau, l'avenue de la Porte de Clichy. J'en ai été, ma foi, comme transportée.

L'énorme atout de Louisa, c'est qu'elle ne parvient pas à comprendre que ce qu'elle nous raconte, on n'en a rien à foutre. Cette fille est comme une poêle Tefal, tout ce que tu lui dis, sur n'importe quel ton, lui glisse dessus. Comme si sa foi, dont elle parle quinze fois par jour, lui donnait l'aplomb nécessaire pour ne jamais douter de rien. Elle a d'abord supposé qu'en tant que Française, j'étais catholique – précisant que ça ne la dérangeait pas, elle n'est pas raciste, il faut respecter toutes les religions. Ça s'est compliqué quand je lui ai révélé être athée. Pourquoi n'ai-je pas eu la bonne idée de fermer ma gueule ? À ses yeux, je suis devenue une sorte de démon : « Mais alors... Si tu ne crois pas en Dieu, tu peux faire des trucs horribles ? Tu peux voler, ou même tuer, tu t'en fous puisque tu crois en rien… » J'ai eu beau expliquer que ne pas avoir d'obédience n'avait jamais empêché personne d'avoir le sens de la morale et de la justice, c'était peine perdue. Incapable de se remettre en question, Louisa ne peut concevoir que l'on puisse penser par soi-même. Tous les jours elle remet ça. Ce matin, c'était : « Vous, les catholiques, vous êtes vraiment une religion de faibles : vous tolérez qu'il y ait des mosquées et des synagogues chez vous.

— Combien de fois va falloir que je te le dise : je ne suis PAS catholique !

— Ouais mais quand même, t'as été élevée dans la religion catholique…

— Non ! En ce qui me concerne, tout le monde peut pratiquer sa religion. Tu peux croire que l'univers a été créé par un plat de spaghettis géant si tu veux, je m'en contrefous, je suis athée.

— Mais comment tu peux dire ça ? Tu ne peux pas croire en rien, c'est évident que Dieu existe !

— Ah ouais ? OK, explique-moi.

— Eh bien regarde, là, elle a dit en désignant le fax posé sur le placard. Comment tu crois que c'est arrivé là, ça ?

— Quoi, le fax ?

— Oui, le fax.

— Euh… Ben… C'est le service technique qui l'a apporté, je suppose.

— Oui, mais avant ?

— Avant ? J'imagine que c'est le responsable des achats qui l'a commandé…

— Rhâ, oui mais AVANT, a-t-elle crié, s'impatientant.

— Encore avant ? Probablement des pauvres enfants chinois exploités dans leur usine qui l'ont fabriqué…

— Mais tu fais exprès de rien comprendre ?! *Pourquoi* il est là, ce fax ? Ou cette chaise, ou ce bureau ? Tout ce qu'il y a autour de nous, c'est là pour une raison ! C'est Dieu qui a créé tout ce qui nous entoure ! »

Si Dieu a créé le fax, Il n'a pas eu une riche idée : depuis qu'on a des e-mails et des scanners, ce foutu fax ne fait que déverser tous les matins des pages et des pages de pub qui vont directement à la poubelle. En plus, on n'a même pas de bac de recyclage – un comble pour une boîte d'édition qui jette des tonnes de magazines. Le fax, en plus de n'avoir aucune utilité, contribue donc chaque jour à polluer un peu plus la planète. Bien ouèj, Dieu.

En rentrant de déjeuner, elle est repartie à la charge : « Tu te rends compte, Riad, de l'informatique, il a appelé son fils Enzo ! » elle a dit d'un ton indigné. Il l'aurait prénommé Poubelle, ça n'aurait pas davantage choqué Louisa.

« Ah bon ? Je ne savais même pas. Deux semaines que t'es là, et tu connais déjà les prénoms des enfants de tout le monde... Ouais, Enzo en effet c'est un peu nul, tous les gamins s'appellent comme ça de nos jours.

— Mais *non,* c'est pas ça ! Il lui a donné un prénom qu'est pas dans le Coran, c'est péché !

— Bah, moi, du moment qu'il a pas la tête de Jean Reno dans *Le Grand Bleu...* »

Je n'ose imaginer sa réaction si elle savait que ce même Riad, mec cool au demeurant, a posté l'autre jour sur Facebook que les guerres de religion reviennent à se battre pour savoir qui a le meilleur ami imaginaire...

L'unique avantage de travailler avec Louisa, c'est que depuis son arrivée, j'ai toujours des anecdotes à raconter à mes amis pour les faire rire. Même Milan, quand je le croise en rentrant du boulot, la première question qu'il me pose c'est: « Qu'est-ce qu'elle t'a encore fait aujourd'hui, ta collègue de l'enfer ? »

Louisa milite activement (depuis l'accueil) contre le racisme qui règne dans cette entreprise, et dans le pays tout entier. Ce qui ne l'empêche pas, dès qu'Alphonsine, du service abo, passée dire bonjour, a quitté l'accueil, de murmurer à mon oreille: « C'est une Antillaise, elle, non ? Je les aime pas, les Antillaises, c'est toutes des salopes. »

Elle n'aime pas trop les Africains non plus. Et m'a expliqué: « Nan mais dans le Maghreb, tu vois, y a les Tunisiens ils sont sales, j'te jure, tu vas chez eux c'est crade... Et les Marocains mais laisse tomber, les Marocains y se la pètent, genre y croivent qu'ils sont supérieurs aux autres rebeus, mais laisse tomber...

— Mais Louisa, c'est raciste ce que tu dis !

— Mais non, ma chérie, je peux pas être raciste, je suis algérienne. »

En plus, elle me donne du « ma chérie » ou du « ma belle », cette conne. Quand je lui ai demandé de ne pas m'appeler comme ça, elle s'est défendue: « Mais non, t'inquiète pas, je dis pas ça pour... hein, tu vois... Non, je dis ça c'est de l'amitié, ça veut pas dire que... Je suis mariée moi, t'as rien à craindre, je suis pas gouine. Beurk, quelle horreur ! »

Dans ces moments, je visualise la pinte, toute belle et dorée, que je vais boire dans quelques heures en racontant ça à Hind, en espérant que le temps s'accélère. Ou bien je réfléchis à la façon dont je vais formuler le statut Facebook que je posterai dès que Louisa sera partie aux toilettes. Chaque fois que je parle d'elle sur le réseau social, je récolte une moisson importante de likes. Ça réconforte, mine de rien. Heureusement qu'il y a cela pour aider à supporter le moment présent.

Joël est le seul à ne pas rire quand, au Chanzy-Lizzy, je relate les dernières envolées spirituelles de Louisa. « Tu sais, m'a-t-il dit, tu ne devrais pas te foutre de sa gueule. Elle n'a peut-être pas eu ta chance, là d'où elle vient, elle n'a sans doute pas eu accès à la culture, pas eu l'opportunité de faire des études...

— Mais elle est née en France, ai-je rétorqué. Elle a été à l'école, comme toi et moi : elle a un BEP secrétariat !

— D'accord, mais tu ne peux pas la juger, tu ne connais pas son milieu familial. Si elle baigne depuis toute petite dans un environnement très fermé, religieux et homophobe, c'est pas forcément sa faute si elle réagit comme ça. S'affranchir de telles idées, c'est pas facile, tu sais, il ne suffit pas d'avoir accès au CDI du collège... »

Mouais. En même temps, c'est pas lui qui se la cogne toute la journée.

Pour la première fois, j'ai pensé que sur le long terme, le photographe pourrait parfois m'agacer, avec ses bons sentiments à toute épreuve.

Louisa, pour ne rien arranger, adore les enfants. La pauvre assistante du magazine de déco, qui attend un heureux événement, ne peut plus venir chercher son courrier sans que ma collègue ne fonde sur elle, toutes mains devant, pour les coller sur son ventre. Curieusement, le fait qu'une inconnue s'arroge le droit de la tripoter sous prétexte qu'elle porte un marmot n'a pas l'air de la déranger. S'ensuivent de longues conversations sur les nausées matinales, bas de contention, vergetures et autres joyeusetés.

« C'est ton premier ?

— Oui.

— Moi j'en ai trois ! Pour le premier j'étais mégaflippée, l'accouchement ça a duré douze heures, heureusement ma sœur elle m'avait apporté des huiles essentielles pour me relaxer... Tu sais si c'est une fille ou un garçon ?

— Non, je ne veux pas savoir, je préfère avoir la surprise.

— Ah bon ? Mais comment tu vas faire alors, pour sa chambre ? Et ses habits ? Si tu sais pas de quelle couleur tu dois les acheter ?

— Pour la chambre, on a mis du papier peint vert d'eau, répond la fille, un peu gênée. Tu sais, moi, le rose et le bleu, je trouve ça un peu dépassé...

— Oh, dis pas ça, c'est quand même mignon une petite fille habillée en rose... Mais je suis sûre t'aimerais mieux un garçon, pour faire plaisir à ton mari !

— Euh... Ah. Oh, non, mon copain ça lui est égal, il est juste content d'être papa...

— Ouais ? Ça, c'est ce qu'il te dit... Mais crois-moi, tous les hommes ils sont fiers d'avoir un fils. »

Quand je pense que cette cruche remplie de préjugés a trois gamins, ça me conforte dans ma décision de ne jamais me reproduire. Mes enfants risqueraient de se retrouver en classe avec les siens ; imaginez, donner naissance à de petits êtres humains qui n'ont rien demandé, et les envoyer partager la cour de récré avec des Louisa miniatures... Ce serait pure cruauté.

Quand je lui ai avoué ne pas vouloir devenir mère, elle a été plus choquée qu'en apprenant que je ne croyais pas en Dieu. « Quoi ?! Mais c'est le rôle de toutes les femmes, de donner la vie... Il n'y a rien de plus merveilleux ! Quand ils ont posé mon petit Marwane sur mon ventre, ça a été le plus beau moment de ma vie ! »

Elle a continué un moment son laïus scandalisé, comment peut-on refuser le plus beau cadeau que nous fait la vie, le bonheur d'être mère... Puis une petite ampoule a semblé s'allumer au-dessus de sa tête : « Mais attends, tu m'as pas dit qu'avec ton mec, ça venait de se finir ? Ah mais voilà ! C'est pour ça t'as pas envie d'avoir d'enfant : t'as pas encore trouvé le bon ! »

OK, va pour cette conclusion, du moment que tu changes de sujet...

Malheureusement, des tas de gens plus cultivés que Louisa, et à qui on permet d'écrire des articles dans les journaux, partagent cette théorie : une femme qui ne désire pas d'enfant, c'est une femme qui n'a pas trouvé le bon partenaire. Il y aurait donc un « bon » mec ? Un prince charmant ? Une âme sœur ? Les deux personnes constituant le « bon » couple seraient venues au monde comme les deux moitiés d'une pomme qu'on aurait coupée, et qui n'aspireraient qu'à se retrouver pour pondre des mouflets ? Désolée, les gars, mais non. Je ne crois pas à ces conneries.

Ma grand-mère, elle, y croit. Le week-end dernier, lasse de mon quotidien, ayant besoin de changer d'air, j'ai fait comme la plupart des gens après une rupture : j'ai pris le train pour rendre visite à ma famille, espérant panser mes plaies auprès de mes proches et des paysages qui m'ont vue grandir. Avec ma mère, on est allées déjeuner chez ma grand-mère, où elles ont passé tout le repas à me féliciter d'avoir enfin plaqué ce « bon à rien » de Milan, qu'elles n'ont jamais apprécié. Ce n'était pas précisément ce que j'avais envie d'entendre – j'en suis même venue à prendre la défense de mon ex, c'est dire. Alors que j'aidais mon aïeule à faire la vaisselle, croyant me consoler elle m'a dit : « Bah, t'en fais pas, va ! Tu finiras bien par trouver le bon. Comme on dit : chaque Tupperware a son couvercle ! » Le problème, c'est que dans ses placards, on a toutes les peines du monde à apparier les Tupperware. Elle en possède une cinquantaine, qu'elle fait passer au four à micro-ondes, ce qui déforme les couvercles qui, en conséquence, ne ferment plus. Alors elle les met à la poubelle, sans pour autant jeter le pot, qui peut toujours servir, on ne sait jamais. Elle range le pot veuf avec les autres dans le buffet, remet des restes de nourriture dedans, j'ai passé dix bonnes minutes à en chercher le couvercle sans jamais le trouver… Sa remarque, qui se voulait réconfortante, a eu l'effet inverse et, faute de couvercle, on a dû recouvrir de film étirable les restes du céleri rémoulade.

Pour les humains, je ne pense pas que ça fonctionne comme pour les Tupperware. On peut être compatible avec plusieurs personnes, à condition de les rencontrer au bon moment, dans les bonnes circonstances. Certaines histoires d'amour peuvent durer deux ans, d'autres toute la vie, ça ne veut pas dire que dans le second cas l'amour a plus de valeur. Je soupçonne d'ailleurs le second cas d'être davantage dû à la peur de vieillir seul qu'à un sentiment beau, pur et durable. Mais, même en admettant qu'on a rencontré le mec parfait, en quoi cela devrait-il donner envie d'avoir des enfants ? Marcher main dans la main sur la plage, baignés dans la douce lumière du couchant, devrait provoquer l'envie de changer des couches pleines de caca ? Je ne vois pas le rapport. Je crois que les femmes qui veulent des enfants en ont toujours voulu, avoir rencontré un mec bien n'étant qu'un prétexte pour mener à bien leur projet – forcément, mieux vaut faire des gamins avec Mark Darcy qu'avec ce *boyfriend* alcoolique, chômeur et cocaïnomane qui vous tape dessus et découche trois fois par semaine. Simple question de sens pratique.

J'ai plutôt le sentiment que les enfants sont la cause de la longévité du couple, et non sa conséquence : beaucoup de gens qui aimeraient se séparer font l'effort de rester ensemble parce qu'il y a les enfants. Beaucoup d'hommes qui auraient envie de tromper leur femme ne le font pas, à cause des enfants. Bon, OK, beaucoup le font quand même... mais je n'ai pas eu de chance, je suis tombée sur un mec bien. Le photographe n'a pas trompé sa femme. (En tout cas, pas avec moi.)

Les pages sacrées

J'ai refusé de faire un pot de départ. Être licenciée de cette boîte que j'avais en horreur représentait plutôt un soulagement, et je ne m'inquiétais pas plus que cela de ma situation financière : avec les indemnités, je parviendrais à gérer. Pourtant, je n'avais pas le cœur à la fiesta. Joël n'était pas là, de toute façon. Il était en reportage. Et je ne le reverrai probablement jamais.

La veille de son départ, il a fait un crochet par l'accueil pour me dire au revoir. Depuis la nouvelle de mon licenciement, j'avais souvent imaginé nos adieux. J'avais presque abandonné le fol espoir qu'il se passe quelque chose entre nous, mais je passais beaucoup trop de temps à penser à cette ultime scène. Dans tous ces films qui avaient lieu dans ma tête, je portais une robe blanche, et l'instant où nous nous retrouvions en tête à tête pour la dernière fois était chargé d'émotion. La pluie chaude du mois de mai tombait sur nous dans la lumière du crépuscule, conférant un côté dramatique à la scène – et dissimulant mes larmes. Je pouvais ainsi protester : « Mais non, je ne pleure pas, c'est la pluie ! » comme dans je ne sais plus quel film avec Sophie Marceau. Et nous nous disions plein de mièvreries poignantes. Mais évidemment, dans la vraie vie, rien ne s'est passé comme je l'avais imaginé. Pour commencer, Louisa était assise à côté de moi. Il ne pleuvait pas, l'accueil était gris, éclairé au néon, moche comme à son habitude. Il m'a juste dit « bonne continuation », même pas « adieu ». Il a ajouté qu'il espérait que je retrouve vite un boulot, et m'a recommandé de continuer à faire de la photo. (Je ne lui avais jamais avoué que mes appareils étaient planqués sous mon lit depuis des années.) « C'est super dur d'en vivre, je sais, mais faut pas baisser les bras. À force, la persévérance, ça finit par payer. »

Mouais. S'il le dit... Là-dessus, Louisa s'est mise à pérorer à propos de quelqu'un qu'elle connaît qui fait de très belles photos de mariages. « Bon faut que j'y aille, j'ai encore toutes mes affaires à préparer... À bientôt, peut-être. »

C'était ça, nos adieux tragiques. Pas de quoi en faire une comédie romantique.

Je suis allée m'isoler aux toilettes, tant pour échapper au babil de Louisa que pour pleurer. Le miroir au-dessus du lavabo ne me renvoyait pas l'image d'une héroïne de tragédie, juste ma tête normale, celle que je trimballe tous les jours. J'ai soupiré. Tout ça pour ça... J'ai baissé mon jean et me suis assise sur le trône, enfouissant mon visage dans mes mains. Et rien n'a coulé, ni de mes yeux ni d'en bas. Au bout d'un court moment, mon regard est venu se poser machinalement sur l'affichette scotchée sur la porte, signée d'une élue du CHSCT, demandant aux usagers de laisser ces lieux aussi propres qu'ils les ont trouvés.

Pour rentrer chez moi, je ne suis pas descendue dans le métro ; j'éprouvais le besoin de marcher longtemps dans Paris. En traversant la Seine, casque d'iPod sur les oreilles, je me suis arrêtée sur le pont pour regarder le soleil qui déclinait. Ses rayons rose orangé filtraient entre les nuages, façon dessin animé japonais. Sur l'eau dansaient des diamants couleur cuivre. Dans mes oreilles, Belle & Sebastian chantaient *Read the Blessed Pages*, une jolie chanson toute simple, à la mélodie doucement mélancolique. Je me suis soudain sentie seule au monde, soufflée par la beauté de ce paysage conjuguée à celle de la musique. Je n'avais jamais prêté la moindre attention à cette chanson, et là, sur ce pont, le sens des paroles m'est apparu, évident. Le chanteur Stuart Murdoch y évoquait un amour passé, une histoire depuis longtemps finie, pour laquelle il conservait une tendresse et une nostalgie éternelles.

« *Ever will I love you*
Now your chapter's over
Ever will I love you
You were good to me
Now our pain and memory
Is a cherished story... »

Cette chanson parlait de Joël et moi. Et le soleil qui se couchait m'offrait son spectacle, rien qu'à moi, pour teinter de couleurs magnifiques la fin de cette histoire qui n'avait jamais commencé. Ç'avait été une belle histoire. Rien qu'avoir vécu ces quelques instants, ces quelques espoirs, m'être sentie intensément vivante, avoir éprouvé un sentiment beau, ça valait la peine. Au final, si c'était à refaire, je le referais volontiers, sans rien changer. J'étais heureuse de ne rien lui avoir dit, de n'avoir pas interféré dans son couple : même s'il avait choisi de partir avec moi, cela aurait forcément provoqué des trucs moches. Ainsi, nous nous séparions en gardant un beau souvenir. Accoudée à ce qu'on appelle le Pont-Neuf et qui est, paradoxalement, le plus ancien de Paris, regardant le soleil se coucher, j'ai écrasé une larme ou deux sur mes joues.

La tectonique des amitiés

Depuis, je passe mes journées seule dans l'appartement, à ne pas faire grand-chose sinon me prendre la tête en tentant de m'inscrire à Pôle emploi, envoyer des candidatures pour des boulots d'hôtesse d'accueil ou de vendeuse en librairie, Cultura, Fnac, et même le Leclerc espace culturel pour y retrouver ma poule à roulettes. La première semaine, pleine de bonne volonté, j'ai envoyé beaucoup de CV, restés sans réponse. Je n'ai toujours pas réussi à rappeler les endroits où j'ai postulé. Il paraît qu'il faut le faire, mais je n'y parviens pas. Lorsque je me fixe l'objectif de rappeler un employeur potentiel, je finis par me persuader qu'à la place, il vaut mieux rédiger une lettre de motivation pour un autre. La procrastination a donc un effet domino : je lave les vitres et le frigo plutôt que d'écrire une lettre, mais j'écris des lettres plutôt que de passer un coup de fil.

Le reste du temps, je fais défiler mon fil d'actu Facebook, likant des photos de chats d'une main, tenant ma clope dans l'autre. J'ai dû, la mort dans l'âme, me désabonner des news de Pénélope : elle postait trop de photos de son bébé, je supportais mal. Quand elle a changé son avatar pour un cliché des petits petons de Gabriel en gros plan, ç'en a été trop. Je ne l'ai pas bloquée, ni virée de mes amis – quand même pas. Juste, elle ne le sait pas mais ce qu'elle poste n'apparaît plus sur mon mur. J'avais déjà fait ça avec d'autres amies ou connaissances, mais pour Pénélope, ça m'a fichu un coup.

N'ayant rien d'autre à faire de mes journées, je n'avais aucun prétexte pour ne pas prendre le train et aller lui rendre visite dans sa jolie maison au bord de la Marne. Dieu soit loué, elle ne m'a pas proposé de lait pour l'apéro, mais 1) il était quatorze heures et 2) quand l'heure de l'apéro a fini par arriver, elle m'a offert une Kro tiède en se confondant en excuses, car elle avait oublié de mettre de la bière au frais – ni elle ni son mec n'en boivent plus.

Quand j'ai sonné chez elle, ça a déclenché un drame car Alain Prost, comme à son habitude, s'est rué sur la porte en aboyant comme un possédé. Ce qui a évidemment réveillé le bébé qui venait juste de s'endormir pour sa sieste. « T'aurais dû m'envoyer un texto au lieu de sonner, je serais descendue t'ouvrir », a dit mon amie sur un ton plein de reproche. Ah mince, j'avais pas pensé. Comment aurais-je pu penser à un truc pareil ?

Elle a donc dû courir à la chambre de son fils pour le prendre dans ses bras, essayant tant bien que mal de calmer ses hurlements en chantonnant une mélodie apaisante qui n'apaisait rien du tout, car Alain Prost continuait de m'aboyer dessus en bondissant. Pénélope alternait donc chansonnette enfantine et menaces à l'encontre du chien.

Et ça ne faisait pas deux minutes que j'étais arrivée. « Tu peux enlever tes chaussures s'il te plaît ? Ça ramène des microbes pour Gabriel... » Oh merde. Retirer ses grolles en entrant chez les gens me rappelle les heures sombres de mon enfance, quand mes parents me traînaient chez des oncles et tantes chez qui je m'ennuyais à mourir pendant qu'ils causaient pendant des heures de trucs sans intérêt comme leurs problèmes de chaudière, laissant la télé allumée avec *Dimanche Martin* dedans (ou parfois le magazine *7 sur 7* présenté par Anne Sinclair), il y avait toujours de la clairette de Die et des gâteaux issus de la boîte Delacre ouverte plusieurs semaines auparavant, ils étaient mous et avaient un goût de renfermé, les seuls biscuits que j'aimais bien dans cet assortiment avaient déjà tous été mangés, c'était horrible. Certaines personnes se représentent l'enfer comme une terre désolée où il fait très chaud, des volcans sont en éruption et des monstres à pattes de bouc forniquent à l'aide d'instruments de torture ; pour moi, l'enfer a toujours ressemblé à une table recouverte d'une toile cirée représentant des moulins à café, d'une boîte de biscuits Delacre mous, et entourée de vieux parlant du prix de la réparation de leur chaudière.

Chez Pénélope, personne ne parle de chauffage, l'écran de TV géant est éteint, aucune boîte Delacre n'a jamais franchi le seuil de sa porte, pas plus qu'une bouteille de clairette, mais pour la première fois elle me demandait de me déchausser, et ça m'a rappelé de sales trucs.

J'ai tenté d'obtempérer sans un mot, mais retirer mes Doc s'est avéré ardu, avec Alain Prost qui s'accrochait à ma jambe, faisant des mouvements dégueu, son zizi rose tout dehors. « Haha mais que veux-tu, il t'a toujours adorée ! » a plaisanté Pénélope. Non, ce chien ne m'aime pas, il veut juste montrer sa domination en prenant ma jambe en levrette. Pas de bol, j'avais mis une jupe ce jour-là, et une griffe du chien a troué mes collants de dentelle noire. Je n'ai pas commenté, mais le propre des amies d'enfance est de savoir deviner les sentiments de l'autre. « Ben désolée, Jul, mais tu sais comment il est… T'aurais pas dû mettre tes beaux collants. Attends, je recouche Gabriel et je vais te chercher un de mes vieux jeans, pour pas qu'il abîme plus. Je te passerai du vernis à ongles transparent pour que ça ne file pas… » Merci, sympa.

À peine étais-je arrivée que j'avais déjà furieusement envie 1) de repartir, mais c'était impossible sans paraître extrêmement impolie, alors 2) d'une clope. « Je peux aller fumer sur la terrasse, le temps que le chien se calme et que le bébé se rendorme ? » J'ai tiré sur la Pall Mall comme si ma vie en dépendait, comme si la brûlure salvatrice au fond de ma gorge était un Doliprane mille soulageant les douleurs de l'âme. Quand est venu le moment de faire tomber ma cendre, j'ai cherché du regard un cendrier. Que dalle. Pénélope n'a jamais fumé, et son mec a arrêté quand, se découvrant enceinte, elle l'a obligé à aller dehors. Eh merde… où déposer la cendre sans rien salir ? Me sentant coupable, je l'ai envoyée valser dans le jardin, en dessous. Quand il n'est plus resté qu'un mégot, j'ai voulu l'écraser contre ma semelle, mais j'avais retiré mes chaussures. J'ai donc pressé la partie brune entre mes doigts pour faire tomber la carotte incandescente par-dessus la rambarde, hop, et suis rentrée dans le salon de Pénélope. Qui revenait de la chambre d'enfant, ayant réussi à rendormir le bébé.

J'ai brandi le mégot. « Je peux le mettre dans ta poubelle ? Il est éteint.

— Ah, bof... Naaan, ça va puer dans la cuisine. Ça ne t'embête pas de descendre le jeter dans la poubelle dehors, devant la porte d'entrée ?

— Non, pas de problème, j'y vais... »

En bas, ça a été la galère d'empêcher Alain Prost de sortir, il s'est remis à m'aboyer dessus... Sainte merde ! Même pas dix minutes passées dans cette maison, et je scrutais déjà le plafond en quête d'un crochet où suspendre une corde pour me pendre.

J'ai sorti de mon sac le paquet contenant les petits vêtements que j'avais achetés pour le bébé, et les ai offerts à Pénélope. Qui n'a pu retenir une grimace : « Merci, ils sont chouettes ! Mais c'est du six mois, et c'est des trucs d'été... Quand il aura l'âge de les porter, ce sera l'hiver... » Pauvre de moi, j'avais simplement aimé le graphisme de ce petit pingouin sur le body, cet éléphanteau si mignon sur le T-shirt. J'avais pris la taille six mois en me disant que ça servirait toujours... Triple merde, encore un truc auquel je n'avais pas pensé. Je ne pense décidément jamais à rien.

Pénélope a fait du thé qu'on a bu sur la terrasse. Il faisait doux en ce mois de juin, et elle avait finalement sorti un cendrier d'un tiroir. Elle a même mis dans la platine, à bas volume pour ne pas troubler le sommeil de Gabriel, l'album *Never Mind the Bollocks, Here's the Sex Pistols* qui nous avait réunies au collège – j'avais traversé la cour de récré pour aller l'aborder car elle portait un T-shirt à l'effigie de Sid Vicious. On a pris plaisir à chanter « *No future, no future, no future for you, no future for me* », discuter et rire comme au bon vieux temps, jusqu'au moment où le Babyphone a transmis des pleurs. Mon amie a fait chauffer un biberon, a rapatrié le nouveau-né sur la terrasse. Il m'a fait moult sourires, ses yeux à peine éveillés fixés sur moi. Il était mignon, finalement. Et plutôt sage.

J'aurais logiquement dû rentrer chez moi avec le sentiment du devoir accompli : j'avais, comme de juste, rendu visite à mon amie devenue mère. Pourtant, dans le train du retour, je me suis mise à pleurer. Je déteste ça, chouiner en public. Je me suis retenue autant que j'ai pu, mais rien n'y a fait : les larmes avaient, une fois encore, décidé de sortir toutes seules. Sur le siège en face de moi, un Asiatique à l'air fatigué par sa journée de boulot m'a tendu un paquet de Kleenex. J'en ai pris un, me suis mouchée, il a continué à me tendre le paquet : « Prenez-les tous, mademoiselle... » J'ai fait signe que non. « Merci, c'est gentil, ça va aller. » Sa main a hésité, puis il a respectueusement tapoté mon genou : « Courage, mademoiselle, j'espère que ça va s'arranger. » Merde, la gentillesse de ce bonhomme me donnait encore plus envie de pleurer. La tectonique des amitiés, inexorable, avait quelque chose de profondément désespérant.

La tragique histoire de la salade au saindoux

Jérôme a été le premier de mes amis à devenir adulte. Ça nous a tous fait un choc, avec les potes du bahut, quand on s'est rendu compte qu'il était passé de l'autre côté et n'en reviendrait jamais. Le lycée avait été pour nous un haut lieu de déconne. Après avoir passé notre bac et nous être disséminés dans diverses écoles aux quatre coins du pays, nous avions continué à nous voir, organiser des soirées d'anciens combattants où nous nous remémorions nos faits d'armes, qui étaient nombreux et variés.

Jérôme était un phénomène. Arrivé dans notre classe en cours d'année, il était le petit nouveau, la cible idéale pour se faire chambrer. Peu sûr de lui, il avait des lunettes, un physique assez éloigné de celui d'un apollon, des vêtements ringards et une coupe de cheveux assortie. Il semblait sorti d'un autre âge, de ces films américains à la *Grease,* à tel point qu'on le surnommait « Twist Again ». Pour compenser, ou parce que c'était un vrai mec drôle, ou pour ces deux raisons, il s'est surpassé dans l'art de faire des conneries grandiloquentes. Lors de l'épreuve orale du bac blanc, il s'est lancé dans une tirade improvisée où il expliquait comment faire en sorte qu'un cadavre, une fois jeté à l'eau, ne remonte pas à la surface ; devant notre prof principale et la classe entière, il a détaillé la façon d'attacher le corps, et quel poids de béton était nécessaire selon la masse du macchabée. Il avait tiré ces informations du film *C'est arrivé près de chez vous*. Quand ses parents n'étaient pas là, il organisait des soirées ; lors de l'une d'elles, on a décidé de se déguiser en piochant des vêtements dans les placards de ses darons. Les garçons se sont maquillés comme des voitures volées en utilisant les cosmétiques qui se trouvaient dans la salle de bains. Jérôme a déniché dans la bibliothèque de son père un CD de musique tyrolienne intitulé *Soirée choucroute* et s'est mis à danser dessus, nu sous le manteau de fourrure de sa belle-mère. Rien de sexuel là-dedans ; personne, dans notre petite bande, ne couchait ensemble. Nous étions juste des étudiants qui aimions par-dessus tout rigoler. Peu après, on a eu envie de faire des crêpes ; ça a vite dégénéré en bataille de sucre en poudre, de farine et d'eau à travers toute la maison. Je n'aurais pas voulu être à la place de mon pote le lendemain, quand ses parents sont rentrés. Remarquez, je n'aurais pas non plus voulu être à la place des parents.

Jérôme ne perdait jamais une occasion de montrer son cul. Un soir, il a sauté sur le capot de la voiture d'une copine qui s'apprêtait à démarrer pour rentrer chez elle, et a baissé son pantalon ; la fille lui a arrosé les fesses de lave-glace.

Une autre fois, on faisait du camping en Bretagne avec toute la bande ; je ne trouvais plus mon appareil photo (argentique, à l'époque). Je l'ai cherché partout, pas moyen de remettre la main dessus. Le lendemain matin, comme par enchantement, l'appareil était réapparu sous ma tente. Quelques jours plus tard, j'ai récupéré mes photos au labo. Au milieu des couchers de soleil sur la plage, j'ai découvert le cul de Jérôme ; il m'avait subtilisé l'appareil pour faire des selfies de ses fesses poilues.

J'aimais bien Jérôme. Nous n'allions pas à la même fac, mais on se voyait régulièrement pendant la première année. Je passais chez lui, on fumait des clopes qu'on écrasait dans son cendrier en forme de tête de mort en écoutant Slayer.

Un jour, Pénélope m'a téléphoné, fébrile : « J'ai vu un mec à la gare, qui roulait des pelles à une grande blonde, je suis pas sûre mais je crois que c'était Jérôme. » Quelques jours plus tard, on a appris qu'effectivement Jérôme s'était dégoté une petite amie, pour la première fois de sa vie. Dès qu'on a rencontré la Laetitia en question, on l'a tous détestée. C'était une pimbêche habillée en beige, une fille sérieuse, étudiante en marketing. À partir de ce moment, Jérôme a brusquement cessé de montrer ses fesses. En soi, ce n'était pas si grave, je les avais en photo. Pire, nous n'avions plus le droit de mentionner devant Laetitia le fait qu'il avait pour habitude de les montrer. Cette fille ne riait pas à nos blagues, restait assise sans parler à personne, tenant fermement la main de Jérôme dans la sienne en lui murmurant des trucs à l'oreille – nous la soupçonnions de dire du mal de nous. Vers 21 h 30 elle commençait à bâiller, disait qu'elle s'ennuyait. Alors ils rentraient. Jérôme, *notre* Jérôme, qui empêchait les gens de partir trop tôt des fêtes, allant jusqu'à grimper sur le capot de la voiture de la fille qui voulait se casser (et lui montrer son cul), s'en allait maintenant au crépuscule, sobre. C'était à n'y rien comprendre.

Il y a eu cette ultime soirée où Jérôme nous a tous invités dans la maison de son père. En arrivant, on a découvert, éberlués, qu'il y avait un plan de table ; la Laetitia avait veillé à ce que les amis de lycée de Jérôme soient placés à côté d'amis à elle, parce que, comme elle le disait avec autorité, « c'est pas une fête du lycée ». Alors que d'habitude on faisait un barbecue et des chips, elle avait cuisiné. Il y avait plusieurs saladiers dont les contenus variaient, mais dont aucun ne paraissait comestible. L'un était rempli de gruyère râpé et de cervelas (il existe donc des êtres humains qui mangent de la salade au cervelas pour accompagner des merguez). Il y avait aussi du fromage de tête, de la salade de museau et autres cauchemars culinaires du même acabit. Le seul plat qui paraissait à peu près mangeable ressemblait à une salade niçoise, avec de la laitue, des tomates et ce qui m'a semblé être des dés de gruyère. Mais, arrivé dans ma bouche, ce que j'avais pris pour du fromage s'est révélé être... du saindoux. DU SAINDOUX !!! Doux Jésus ! La connasse en beige devait vraiment nous détester pour nous faire ingurgiter pareilles horreurs.

Jérôme s'était laissé pousser une barbe qui lui faisait une tête de médecin généraliste. Il portait des mocassins à glands et une chemise bleu clair qu'il avait rentrée dans son jean blanc. À l'intérieur de la maison où, deux ans auparavant, nous avions fait la bataille de farine et d'eau, il était désormais interdit de fumer. Dehors, il pleuvait. Il ne fallait pas parler trop fort, car un couple était venu avec un bébé. La Laetitia a fait une réflexion désobligeante relative au fait que j'entamais mon troisième verre de vodka. Je l'ai jouée provoc en le buvant cul sec et en m'en resservant un quatrième. Elle m'a alors traitée de « pauvre tarée alcoolique ». Comme un seul homme, nous nous sommes levés, Pénélope et les autres anciens du lycée, et on s'est retrouvés sous la pluie, à hocher tristement la tête en tentant de tirer sur nos clopes mouillées. Nous ne comprenions pas. Nous avions à peine vingt-deux ans. Il était à peine vingt-deux heures. Je suis discrètement retournée dans la cuisine reprendre les bouteilles que nous avions apportées, et nous sommes allés boire ailleurs.

Nous étions tristes. Une barbe. Un putain de plan de table. De la salade au saindoux, et un couple avec un bébé. Nous soupirions. Nous pestions contre ces salopes de Laetitia qui font du mal partout dans le monde. Jérôme était devenu un vieux con. Nous avions perdu un ami.

C'était il y a dix ans. Depuis, j'ai vu, impuissante, mes potes de lycée se maquer un à un avec des presque Laetitia. Ceux-là même qui hochaient tristement la tête lors de la soirée saindoux ont été les premiers à devenir « adultes ». De façon moins brutale que Jérôme ; en général ils ont su rester courtois, et leurs petites copines ont toujours fait des efforts pour être aimables. Mais comme, par contraste, à côté d'eux j'avais l'impression d'être Amy Winehouse (sans la belle voix), et comme après chacune de ces soirées je me sentais triste, j'ai arrêté de les voir. Comme on dit, on n'a pas gardé le contact. Mes anciens amis me manquent – mais ils n'existent plus ; ils sont devenus d'autres personnes que je n'ai pas envie de connaître.

Dépression

Ces jours-ci, je passe mes journées à pleurer. Je pense à Joël et je pleure. Je pense à Pénélope et je pleure. Je pense au saindoux et je pleure. Je ne parviens pas à endiguer le flot. Quand Milan rentre le soir, il est désemparé. Au début, il a cru qu'il m'arrivait une galère sans nom, il était catastrophé. Il s'est assis à côté de moi sur le canapé, a entouré mes épaules de son bras. Mais je n'ai rien trouvé à lui dire ; tout allait bien, enfin, compte tenu de la situation. Il a commandé des pizzas, les bonnes de chez Presto dont l'enseigne indique « since 1977 », comme le mouvement punk. J'ai arrêté de pleurer et on les a mangées en regardant *The Wire* dans le canapé, comme à l'époque où nous étions ensemble. C'était gentil de sa part, mais depuis, je passe toujours plusieurs heures par jour à pleurer.

Quand je me suis retrouvée au chômedu, je voyais le bon côté des choses : moi qui râlais tout le temps que je n'avais pas le temps de voir des expos ni d'aller au ciné, j'allais à présent bénéficier des tarifs réduits. La première semaine, je m'étais fixé un emploi du temps : me lever à neuf heures, envoyer des CV jusqu'à treize heures, déjeuner un truc équilibré en écoutant les infos à la radio, puis partir me promener, visiter un musée ou voir un film.

Je n'ai rien fait de tout cela. J'ai vu une ou deux expos chiantes au début, je me suis traînée au ciné, et puis ça a été fini. Je me lève de plus en plus tard, et sortir de chez moi devient compliqué. Si j'ai des courses à faire, je m'arrange pour sortir après l'heure où passe le facteur, pour récupérer le courrier au passage et ne pas avoir à descendre deux fois. Pour faire d'une pierre trois coups, je me rends parfois à la médiathèque, où j'emprunte des livres qui me tombent des mains quand je tente de les lire. Je préfère consacrer mon temps à des conversations imaginaires avec le photographe, ou à pleurer. J'ai mal aux yeux, à force. J'ai peur qu'on m'appelle pour un entretien d'embauche, j'aurais les yeux rouges et des cernes jusque par terre. Jusque-là tout va bien, personne ne m'a appelée.

Un soir, Milan a découché. Il m'a envoyé un texto pour prévenir qu'il ne rentrerait pas avant dimanche, expliquant qu'il faisait la bringue chez des potes. Quand il est enfin rentré, il m'a juste dit qu'il avait dormi sur le canapé chez une fille que je connais vaguement. Qui étais-je pour juger ? La pointe de jalousie qui m'a envahie était malvenue. Le week-end suivant, il a remis ça. « T'es sûr que c'est sur le canapé que t'as dormi ? » ai-je demandé. « Oui, oui, bien sûr, on était tellement défoncés... »

Je n'ai pas demandé combien il avait dépensé pour la drogue. Plus mon problème. Pas plus que ne me concernait la fille chez laquelle il dormait. J'avais quitté Milan. Il faisait ce qu'il voulait.

Il y a deux jours, il est arrivé à la maison, des cartons pliés sous le bras, et m'a annoncé qu'il partait vivre chez la fille en question. Pablo Escobar a déserté mes genoux sur le lit où j'étais encore couchée pour aller se frotter aux jambes de Milan en miaulant. Il voulait que mon ex s'asseye sur le canapé pour se poster sur ses genoux à lui. Ce chat n'a jamais assez de cuisses humaines sur lesquelles ronronner. Pas de bol pour lui, il n'aura bientôt plus que ma seule paire de jambes, ça va lui faire drôle.

Mon ex s'est mis à empaqueter ses disques dans les cartons. Je l'ai aidé en emballant ses fringues et en triant ses livres (m'assurant ainsi qu'il n'embarquerait pas les miens par inadvertance). Il a fait plusieurs allers-retours chez des commerçants du quartier pour récupérer des cartons supplémentaires. J'ai fait le tri dans les DVD.

Ce matin, il s'est pointé avec une camionnette et trois de ses potes. Je leur ai fait du café, et les ai aidés à descendre les cartons et à les charger dans le véhicule. Ça a été très vite, en deux heures à peine l'appartement s'était vidé. Ne restaient que mes affaires, et des monceaux de poils de Pablo Escobar partout par terre. Ma voix résonnait dans les pièces vidées de la moitié de leur contenu. Déplacer les meubles avait révélé les trésors de saleté jusqu'alors enfouis derrière. J'ai donc passé l'aspirateur, ce qui a le don de plonger le chat dans la terreur. Pauvre animal, les déménagements le bouleversent, il déteste qu'on chamboule son territoire. Il n'est malheureusement pas au bout de ses peines : Milan parti et moi chez Pôle emploi, je ne vais plus pouvoir payer le loyer.

J'ai passé plusieurs heures sur les sites immobiliers. J'ai envoyé des e-mails, passé des coups de fil. Une visite groupée était organisée dans un studio au métro La Chapelle, au-dessus des voies de la gare de l'Est, vingt mètres carrés, 680 euros charges comprises.

Nous étions une bonne dizaine à poireauter devant la porte de l'immeuble, nos dossiers sous le bras dans des chemises cartonnées. Un type grisonnant m'a demandé du feu, m'a remerciée de lui en fournir, a avisé ma pochette rouge: «Vous venez pour la visite, vous aussi?» Il avait l'air d'avoir besoin de parler. Il habitait en rez-de-chaussée et voulait déménager car son logement était trop sombre: «Depuis que je me suis retrouvé au chômage, je passe toute la journée chez moi, m'a-t-il confié. Ça me déprime de ne pas voir la lumière du jour. Il faut que je me casse de là, ou je vais me flinguer.

— Mais comment vous allez faire? Ils demandent d'être en CDI...

— Bah, vous croyez tout de même pas que je vais me vanter d'être au chômedu? Personne ne donne ses vraies fiches de paie, ma p'tite mademoiselle. J'ai un ami graphiste qui m'a arrangé le coup...»

Finalement, être une photographe ratée a ses bons côtés: je vais pouvoir mettre à profit mes compétences sur Photoshop.

«Déjà vingt-cinq minutes de retard, a commenté une dame respectable, la soixantaine, en regardant sa belle montre en or.

— Bah, a dit le chômeur, si vous saviez... J'en ai fait plein, des visites... Les proprios, tous les mêmes, z'en ont rien à foutre de faire attendre les pauvres couillons qui veulent louer. Y trouvent forcément preneur. »

Celui-ci a au moins eu la correction de présenter des excuses quand il s'est finalement pointé. Les murs de l'entrée étaient couverts de graffitis, les boîtes aux lettres défoncées. Le portail ne fermait pas (« Ça va être arrangé bientôt, on va refaire la serrure », dixit le propriétaire – mais bien sûr, et la marmotte viendra déposer du chocolat enrobé de papier alu dans les boîtes aux lettres). Ça a effrayé la dame respectable, qui souhaitait loger sa nièce montant étudier à Paris en septembre. « J'espère que c'est pas trop malfamé, j'ai croisé beaucoup de Noirs en arrivant... Bon, 680 euros par mois c'est pas cher, mais faudrait pas que la petite se fasse agresser en rentrant chez elle... » Pas cher ? Pardon ? C'est juste soixante-dix balles de moins que ce que va me verser Pôle emploi... Le maître des lieux l'a rassurée : « Les Africains sont de l'autre côté du métro, ici c'est le quartier indien et pakistanais, ce sont des gens calmes. » Dommage qu'il ne connaisse pas Louisa, ces deux-là s'entendraient comme larrons en foire.

Le studio était au septième sans ascenseur. Il était mansardé – c'était joli, mais ça bouffait tout l'espace. La kitchenette de Barbie se résumait à un évier à un seul bac et un frigo minuscule sur lequel étaient fixées deux plaques électriques. Aucun placard pour ranger la vaisselle ou les casseroles ; pas non plus de plan de travail. Cet endroit n'avait jamais été conçu pour que l'on y cuisine, tout au plus pouvait-on faire réchauffer une boîte de raviolis. La salle d'eau possédait un atout indéniable : tu pouvais à la fois faire caca, vomir dans le lave-mains et te laver les pieds dans la douche, dans laquelle s'étalaient des traces de rouille. Au moment où un train venu de la gare de l'Est est passé, les murs ont vibré. « Oh, ne vous inquiétez pas, c'est un vieux train ça, une micheline, ça se fait rare, les anciennes locomotives sont remplacées par des plus modernes, qui ne font pas de bruit », a assuré le propriétaire. Mon œil... Il y a des gens qui ne doutent de rien ; des gens que ça ne trouble pas le moins du monde de demander 680 euros par mois pour cette cage à lapins, ni de mentir aux visiteurs.

Je n'ai pas déposé mon dossier, et suis rentrée chez moi vers dix-sept heures. Il n'y avait pas de temps à perdre : il fallait trafiquer mes fiches de paie, retourner sur les sites immobiliers... J'ai ouvert l'ordinateur portable, scrollé les annonces d'appartements à louer. Les seuls logements dont le montant du loyer n'excédait pas mes moyens étaient du même acabit que celui que je venais de visiter. L'angoisse s'est mise à monter. Me retrouver à la rue semblait si facile... Cela pouvait arriver très vite. D'ici trois mois, ce serait plié. Enfin, je ne serais pas littéralement à la rue, j'avais plusieurs amis qui consentiraient à m'héberger, mais il me faudrait déposer mes affaires au garde-meuble, et cette solution ne serait que temporaire... Je me suis vue retourner chez ma mère, la queue basse. Elle ne manquerait pas de répéter trois fois par jour qu'elle m'avait prévenue que mes « conneries de photos » ne mèneraient à rien. Retrouver Clermont, les anciens du lycée et leur saindoux. Stocker des restes de nourriture dans l'un des Tupperware sans couvercle de ma grand-mère. Quel putain de cauchemar ! Les petites annonces sont devenues floues devant mes yeux, et les larmes sont revenues. En plus, ma mère a horreur des chats ; qu'allais-je faire de Pablo Escobar ?

Pour calmer l'angoisse, j'ai ouvert une bouteille de whisky, que j'ai d'abord mélangé à du Coca. Il fallait que je... Ouvrir Photoshop. Non, d'abord sortir mes trois dernières fiches de paie. Mettre le scanner sous tension. Hop, un autre whisky-Coca. Ça faisait indéniablement du bien par où ça passait. Ma gorge se desserrait progressivement. Lorsque la bouteille de Coca a été vide, j'ai continué au whisky pur. Les chiffres sur mes bulletins de salaire n'étaient guère faciles à modifier sur l'écran, car ils avaient tendance à se dédoubler. Je ne me souviens plus à quel moment j'ai lâché l'affaire, préférant entamer la rédaction d'un e-mail Facebook pour Joël. Un message d'une mièvrerie larmoyante, d'un sentimentalisme si exacerbé que, même ivre, je pouvais me rendre compte qu'il valait mieux ne pas cliquer sur « envoyer ». J'ai tout effacé. Il n'était que vingt et une heures lorsque je me suis retrouvée couchée sur le parquet. Mes sanglots sonnaient creux dans le salon presque vide.

Quelques instants plus tard, j'étais pliée en deux au-dessus des W.-C. Les larmes coulaient dedans en même temps que la gerbe, et des cloches sonnaient sans discontinuer à l'intérieur de ma tête. Pour m'être mise dans un tel état, je me dégoûtais. « Minable, Julie Mercier, minable, j'ai dit à haute voix en fixant le fond de la cuvette. T'es déjà minable comme ça, au naturel, sans forcer, mais faut que tu te mettes encore plus minable en picolant toute seule, comme une vieille poche. Regarde-toi, t'en es réduite à faire la conversation à tes gogues... Mais quelle pauvre merde. »

J'ai ensuite pivoté pour m'asseoir sous le lavabo, à côté du bac à litière. J'ai appuyé mon front contre mes genoux et me suis remise à gémir à haute voix. Tellement fort que j'ai eu peur que les voisins viennent frapper à la porte pour voir si tout allait bien. Pire, ils pouvaient s'imaginer que mon mec me battait, et appeler les flics.

Mais je ne pouvais m'arrêter de braire. Putain, Joël... Il me manquait tellement. Pas étonnant qu'il n'ait pas voulu de moi, vu comment j'étais pitoyable. Comment avais-je pu envisager une seule seconde qu'il quitterait femme et enfants pour quelqu'un qui se pochetronne au whisky toute seule ? J'ai revu la terrasse de Pénélope, sa chouette maison, son jardin avec les arbres fruitiers, son bébé qui me faisait des sourires... J'avais méprisé tout cela, pris mon amie de haut. Mais bon Dieu, j'étais qui, moi, au juste, pour me croire au-dessus d'elle, et de tous ces potes qui fondaient une famille ? Qui étais-je pour sécher les mariages de gens qui m'aimaient suffisamment pour m'y inviter ? Je n'étais personne. Rien qu'une ratée qui parlait à ses chiottes et visitait des studios insalubres de vingt mètres carrés.

Au bout d'un temps que mon état d'ébriété ne me permettait pas d'évaluer, j'ai fini par me relever. « Pauvre merde... Ah ça, t'as voulu faire ta maligne, ai-je sifflé entre mes dents, seule dans l'appart. T'as voulu te la péter indépendante, la connasse de photographe rock qu'est pote avec les musiciens et prend les hôtesses d'accueil de haut... Tu t'es sentie cool, hein, à cracher sur tes copines qui pondent des mômes. Ooooh, t'étais au-dessus de ça ! Tu valais tellement mieux ! Pauvre connasse de l'enfer. T'aurais mieux fait d'être fonctionnaire à EDF comme voulait ta daronne plutôt que te la raconter artiste. T'es juste une sale élitiste toute seule, on est putain de samedi soir et personne t'a invitée nulle part parce que t'es insupportable, personne ne t'aime. Même Milan est parti... Y reste du whisky ? »

La boutanche était vide. Ça m'a horrifiée. J'ignorais être capable de vider soixante-dix centilitres de Grant's toute seule, en seulement quatre heures. Bouteille vide à la main, j'ai basculé sur mes fesses tel un culbuto, sur le tabouret. Ai fermé l'ordi, et choisi une vieille cassette de Janis Joplin *(I Got Dem Ol' Kozmic Blues Again Mama!)* qui remontait à mon adolescence, et que je n'avais plus écoutée depuis longtemps car Milan méprise Janis Joplin et Patti Smith: «Ces gueulardes moustachues, c'est pas des femmes.» Mon ex parti, je trouvais quelque réconfort à pouvoir librement écouter une chanteuse que j'aimais bien.

J'ai fait plusieurs tentatives infructueuses pour introduire la cassette dans mon vieux lecteur, l'ivresse rendant l'opération délicate. Au bout de cinq minutes d'efforts, j'y suis enfin parvenue, j'ai pressé la touche «play» et je me suis couchée, une bassine à côté du lit. Pablo Escobar est venu s'étendre contre moi, tête sur mon épaule. Il a passé l'une de ses pattes avant autour de mon cou et s'est mis à ronronner.

«*Time keeps movin' on, friends they turn away...*» chantait la voix écorchée de Janis la solitaire, la pochetronne, la junkie morte d'une overdose à vingt-sept ans. Le temps passe, les amis s'éloignent... Vite, la bassine. Dégage, Pablo! «*Don't expect any answers, dear, for I know that they don't come with age, no, no.*» N'espère pas de réponses, car je sais qu'elles ne viennent pas avec l'âge... La gerbe, elle, elle vient. Dans la bassine. Jamais j'aurais cru que les ressources de mon estomac puissent être aussi vastes. C'était illimité, comme chez les opérateurs téléphoniques. Elle a Free, elle a tout vomi. Quand je me suis recalée sur l'oreiller, le chat a repris sa position contre moi, a remis sa patte autour de mon cou, comme pour me réconforter. Bon petit animal. Le lit tournait sous moi. « *Work me Lord... Don't you know how hard it is, trying to live all alone* », suppliait Janis sur le ton de la prière. Dieu, tu sais comme il est dur d'essayer de vivre seule...

Viens te faire enfulter

Tard le lendemain, je me suis levée. Péniblement, j'ai vidé et rincé la bassine, puis j'ai nourri Pablo Escobar qui me faisait un remake de Joplin en mode « *Please, please, feed me Mama* ». Après avoir avalé un Doliprane avec un grand verre d'eau, j'ai réussi à me traîner jusqu'au salon, où la vue de la bouteille vide et du cendrier plein m'a écœurée. Je ne me sentais pas le courage de nettoyer tout cela. Je n'ai pas vu l'utilité de rester debout, et me suis donc recouchée. Le chat, après s'être rempli la panse de croquettes, est revenu se lover contre moi dans cette position jusqu'alors inédite, tête sur mon épaule, patte autour de mon cou, comme pour me réconforter.

C'était abusé de me remettre au lit alors qu'il y avait tant de choses à faire : achever de photoshopper mes bulletins de paie, visiter des logements, chercher du travail... Mais j'étais tout bonnement incapable de sortir de ce plumard.

J'ai passé trois jours au lit, sans sortir de chez moi ni faire le ménage (la boutanche de whisky trônait toujours au milieu du salon). Je n'ai rien avalé. Même faire du thé représentait trop d'efforts; quand j'avais soif, je me contentais de l'eau du robinet. J'avais laissé mon téléphone se vider de sa batterie, sans même songer à la recharger. Je n'avais pas davantage allumé l'ordinateur. Des proches devaient probablement chercher à me joindre, s'inquiéter de mon silence... Ça ne m'était pas égal, mais parler à quelqu'un était au-dessus de mes forces. Je n'avais envie que d'une chose: relire les vieux livres de science-fiction que j'aimais à l'adolescence. Me replonger dans des galaxies lointaines, dans des univers qui ne ressemblaient en rien à la vraie vie, mais m'étaient familiers. Ils me rappelaient une époque rassurante où, à l'abri dans ma petite chambre tapissée de rose, je n'avais pas à me préoccuper de payer un loyer, où je ne tombais pas amoureuse de photographes mariés. Où, lorsque d'aventure un garçon me brisait le cœur, cette histoire était oubliée la semaine suivante. Ces livres me faisaient du bien, ils me protégeaient de la réalité.

Le troisième soir, j'ai eu faim. Je me suis fait chauffer une pizza surgelée, que j'ai mangée en regardant le DVD d'*Entretien avec un vampire* – encore un vestige de mon adolescence, à l'époque je craquais totalement pour Tom Cruise en Lestat. Ce que ça faisait du bien, de manger! Cette quatre fromages était la meilleure pizza du monde. Après le générique de fin (*Sympathy for the Devil* des Stones repris par Guns N' Roses), je me suis endormie paisiblement. Pour la première fois depuis longtemps, j'ai dormi d'une traite, sans être réveillée par des cauchemars.

Le lendemain, j'étais en forme. Je me suis levée tôt, ai pris une douche, enfilé des vêtements propres, ouvert en grand les fenêtres pour aérer. J'ai vidé le cendrier, mis mon téléphone à charger, jeté la bouteille dans le bac réservé au verre, et fait un brin de vaisselle avant d'allumer l'ordinateur. Là, m'attendait un tas de messages d'amis inquiets. « Jul tu fais quoi ??? T'étais pas au concert de Louis Lingg l'autre soir, ça va ??? » « Ben tu réponds pas, il t'arrive quoi ? » Hervé avait posté une photo de la tablée de potes hilares, pintes à la main, et commentait : « Jul, tu nous manques ! Sans toi y a personne qui râle, on s'emmerde ! » Il y avait donc des gens qui pensaient à moi... Ça m'a fait chaud au cœur, mine de rien.

Rallumant enfin mon téléphone, j'ai trouvé quinze appels en absence de Pénélope, qui avait laissé sur mon répondeur des messages dans lesquels l'inquiétude perçait crescendo. Je l'ai donc rappelée, et nous avons eu la longue conversation que nous aurions dû avoir depuis des mois – depuis l'annonce de sa grossesse. Je lui ai dit à quel point j'avais été mal, depuis ma dernière visite chez elle, quand Alain Prost avait filé mes collants. Je lui ai avoué avoir pleuré dans le train, au retour. Je lui ai raconté cette impression d'être une cabine téléphonique abandonnée, alors que tout le monde autour de moi jouait à être adulte. Cette sensation de perdre un à un mes amis, de rester sur le carreau. À ce moment, c'est elle qui s'est mise à pleurer : « Mais moi aussi, j'ai eu l'impression de te perdre... T'étais devenue tellement froide, cynique... Ça t'a pris trois semaines avant de venir me voir après l'accouchement ! Moi, tu m'as laissée toute seule avec le baby blues, et tous ces trucs que je n'arrive pas à gérer, le bébé qui pleure toutes les nuits, t'imagines pas comme je suis *fatiguée*... Il n'arrête pas de chialer, le pédiatre ne comprend pas pourquoi, d'après lui Gabriel est en bonne santé. Pourtant il pleure, et parfois ça m'énerve, ça me fout hors de moi, je me surprends à le *détester*! Tu te rends compte? Parfois j'ai même envie de le frapper! Bien sûr, je ne l'ai jamais fait, mais je me sens tellement coupable... Une bonne mère ne devrait pas détester son enfant, je me sens tellement... incapable, et mauvaise... J'aurais bien voulu avoir une copine à qui parler de tout cela.»

Je tombais des nues. Pénélope, l'image même de la femme épanouie et équilibrée... Qui présentait au monde l'image de la petite vie parfaite, écoresponsable, stable et plan-plan... *Elle,* en vrai, elle était perdue?

«Mais ton mec, alors? ai-je sottement demandé.

— Mon mec... Ouais, il m'aide... Il se lève la nuit, il change les couches et tout, mais il prend tout par-dessus la jambe. Il me dit de ne pas m'inquiéter, que ça passera... Il ne comprend même pas que ça m'angoisse, et ça me stresse encore plus!!! J'ai besoin d'air là, Jul. J'ai besoin de ma copine d'enfance, et j'osais pas te parler de tout ça parce que toi, dès qu'on mentionne le bébé, tu te fermes comme une putain d'huître.»

Merde. Je ne m'étais pas rendu compte de tout cela. Je pensais que son copain et ses parents lui suffisaient. Que, maintenant qu'elle avait choisi de fonder une famille, j'étais de trop. Que je n'avais plus ma place dans sa nouvelle vie douillette. Paumée dans mon béguin pour le photographe et dans mon couple qui partait à vau-l'eau, je ne m'étais pas aperçue que sa «petite vie» n'avait rien de douillet. Alors, je lui ai demandé de me pardonner.

Ensuite, on a recommencé à rire. On s'est calé une soirée ensemble, chez moi, à l'ancienne; elle avait envie depuis longtemps de mon fameux tajine aux olives et citron confit, et elle avait surtout besoin de sortir, laisser derrière elle son gamin et ses soucis pour quelques heures. Lorsque j'ai mentionné la poule à roulettes, elle s'est écriée: «Oh mais moi aussi je l'ai vue, cette poule! Elle est trop, trop belle! J'avais justement envie de l'acheter pour Gabriel, mais pareil, je me suis dit qu'il était encore trop tôt...» C'était indéniable: nous étions toujours sur la même longueur d'onde.

Dans les jours qui ont suivi, j'ai visité d'autres logements. À porte de la Chapelle, à Marx Dormoy, à la Goutte d'Or ou à Barbès, des studios plus exigus, sombres et sales les uns que les autres. Mais, n'étant pas en position de faire la fine bouche, je déposais malgré tout mon dossier, et personne ne me rappelait, jamais. Comment faisaient-ils donc, tous ces autres gens qui trouvaient des appartements chouettes à prix abordables?

Les appels à l'aide sur Twitter et Facebook ne servaient à rien, sinon à ce que les amis restés en province laissent des commentaires pour se foutre de la gueule des loyers parisiens. «Reviens à Clermont, tu paieras moins cher! [smiley à la con]» Il y a aussi les gens qui aiment à remuer le couteau dans la plaie: «C'est dommage, il y a trois mois j'ai lâché mon studio à Belleville, trente mètres carrés, six cents de loyer... Mais trop tard! [smiley à la con qui fait la gueule]» Il y a ceux qui répondent à côté de la plaque: «Je lâche un trois-pièces meublé, mille deux cents euros par mois», alors que t'as précisé que tu cherchais un appart vide à moins de sept cents. Les mecs, vous savez lire ? Y a un souci du côté du cerveau ? Enfin, il y a ceux qui ne peuvent s'empêcher de parler d'eux, de façon gratuite et inutile : « Moi, quand je cherchais un appart, j'ai trouvé tout de suite grâce à une amie qui partait, c'était il y a sept ans, les loyers étaient pas chers à l'époque et ils m'ont jamais augmenté ! [smiley à la con] »

Quand j'ai reçu cette alerte e-mail pour un studio près de la porte des Lilas, j'ai bien failli ne pas y aller. J'en avais plein le cul des visites infructueuses, et je n'avais pas envie de flinguer encore un après-midi pour des prunes. D'un autre côté, le loyer était ridiculement bas, et la surface correcte. Où était l'entourloupe ? J'ai fait l'effort d'aller voir.

Le quartier Saint-Fargeau était calme et étonnamment mignon, on se serait cru dans un village. Au bar-tabac où je me suis arrêtée boire un café, vieux et jeunes, rebeus et Blancs discutaient paisiblement ; des familles mangeaient un steak-frites en revenant du marché, des poireaux dépassant de leurs cabas. Le barman était souriant. Non loin de l'appartement à louer, un Franprix, une boulangerie, un bazar... tout ce qu'il fallait. Nous étions plus d'une trentaine devant l'immeuble. J'ai reconnu le chômeur de La Chapelle qui m'avait recommandé les fausses fiches de paie. Lui aussi cherchait encore... On s'est adressé un signe de tête.

Après s'être frayé un passage dans un couloir étroit et sombre, on débouchait dans une vaste cour pavée, avec des plantes dans des pots colorés, fuchsia et vert. Au fond, une maisonnette qu'on avait séparée en deux pour en faire deux studios jumeaux. Ils étaient magnifiques. Des escaliers menaient à une vaste mezzanine éclairée par un Velux, bordée d'élégantes rambardes de bois. C'était propre et clair, la salle de bains et le coin cuisine étaient de taille correcte, il y avait assez d'espace pour caser toutes mes affaires et même recevoir des amis. Le hic, c'est que je n'étais pas la seule à trouver ces logements formidables ; tous les visiteurs avaient des étoiles plein les yeux. Ma seule chance d'obtenir le studio était de m'attirer la sympathie du propriétaire, un monsieur aux cheveux blancs, genre instit' gaucho à la retraite. En lui remettant la chemise cartonnée contenant mes papiers, j'ai pris soin d'arborer un sourire jusqu'aux oreilles ; j'ai chanté les louanges de son bien, n'omettant pas de lui poser des questions sur lui (les gens adorent qu'on s'intéresse à eux). Sa femme et lui venaient d'hériter de ce studio et ne connaissaient rien au marché de l'immobilier. Toutes ces démarches administratives les mettaient mal à l'aise, ils étaient dépassés par la situation, ne s'attendant pas à recevoir autant de visiteurs. J'ai hoché la tête, compréhensive : « Oh, je vous comprends ! L'immobilier à Paris, c'est l'enfer. Je viens de me séparer d'avec mon compagnon, et je dois absolument trouver un nouvel appartement, c'est vraiment pas facile... », ai-je baratiné. Comme il m'écoutait avec ce qui me semblait être une certaine bienveillance, j'ai ajouté que j'avais un chat, et à quel point ce serait le paradis pour lui de pouvoir sortir dans la cour sans risquer de se faire écraser... Bonne pioche, le type aimait les chats, il en avait justement perdu un sous les roues d'une bagnole, récemment. « Oh, c'est tellement triste... », ai-je compati. Nous avons été interrompus par une fille qui voulait, elle aussi, déposer son dossier. « On regardera tout ça ce soir avec ma femme, a-t-il dit. On vous appellera si c'est bon. Mais vous savez, on ne va pas forcément choisir ceux qui ont les plus hauts revenus ou les meilleurs garants. On veut plutôt donner leur chance aux gens qui nous semblent dignes de confiance. »

Sur le chemin du retour, j'ai pour la première fois envisagé sérieusement l'idée que Dieu puisse exister. Pas à cause du fax, mais parce que des studios-mezzanine spacieux et jolis existaient à Paris, et que leurs proprios non seulement les louaient pour une bouchée de pain, mais étaient, en plus, humanistes. Dans le doute, j'ai récité mentalement un Je vous salue Marie, ça ne coûtait rien.

J'ai également pris soin de passer un coup de fil à mes ex-collègues pour leur demander de me couvrir au cas où le proprio appellerait pour se renseigner sur mon compte. Émilie a donné son accord, de mauvaise grâce : « Non mais tu te rends compte, un peu, de ce que tu fais ? Si on me surprend à mentir, je risque gros... Je peux pas me permettre de perdre ma place, avec Enzo et Mattéo... En plus, si tu te fais griller, tu peux te faire poursuivre pour faux et usure de faux, c'est pas rien... »

Louisa, elle, s'est montrée conciliante : « Mais bien sûr, ma chérie, c'est normal de se rendre service, entre amies ! Tu peux compter sur moi. J'espère que tu vas trouver vite... D'ailleurs, ça va, tu vas bien ? Si tu as besoin, mon mari connaît des gens qui font les déménagements au black, avec un camion, pour pas cher. Tu veux que je te passe les coordonnées ? » Louisa a beau être raciste, homophobe et insupportable au quotidien, c'est néanmoins quelqu'un de gentil. Elle a conclu notre conversation par un « Tu repasses bientôt nous voir ? Viens à l'heure de ma pause, on ira manger ensemble » qui m'a fait plaisir. Peu d'activités me semblent plus pénibles que partager un repas avec

Louisa et l'écouter débiter ses stères de conneries, mais curieusement, j'étais contente qu'elle ait envie de me voir.

Le lendemain, j'ai été réveillée par le téléphone qui sonnait dans la pièce à côté. Il était dans les dix heures du matin. Le temps que je me lève, la sonnerie s'était arrêtée. Merde. Numéro inconnu. Oh, voilà l'autre sonnerie, celle qui indique un message sur le répondeur ! C'était le proprio, qui disait qu'il envisageait de me louer le studio. Fébrilement, j'ai rappelé. « On vous a choisie parce que vous étiez l'une des plus motivées », a-t-il précisé. On a calé un rendez-vous pour signer le bail et faire l'état des lieux. N'en revenant pas de ma chance, j'ai dansé et chanté, tournoyant en culotte dans le salon. Puis j'ai été prise dans un tourbillon de trucs à faire, et n'ai plus eu une minute pour penser. Trouver des cartons, rappeler Louisa pour avoir les coordonnées de ses déménageurs discount, rameuter des potes pour m'aider en plein mois d'août, ne pas en trouver car ils étaient tous en vacances, faire des allers-retours chez Casto, dévisser les étagères, choper des ampoules à force de manipuler le tournevis mais pourtant il faut continuer, il y a encore six étagères à décrocher du mur, l'enduit pour reboucher, remplir les cartons, s'occuper du changement d'adresse, faire transférer l'Internet...

Une chose m'intrigue : quand tu discutes avec des gens, ils semblent déménager aussi simplement qu'on commande une pinte. Ils disent des choses comme : « Bah, j'ai trouvé un plan alors j'ai bougé, je suis dans le dix-huitième... » Ils en parlent comme si c'était un détail, comme s'ils ne passaient pas des jours à courir partout en stressant de ne jamais pouvoir y arriver. Comme avec l'accouchement.

Pénélope me racontait l'autre jour, sourire aux lèvres : « Ça a duré quinze heures, bah ça s'est bien passé... Bah oui j'ai eu mal, mais bon c'est normal... » Incroyable. Pendant QUINZE plombes (quinze !) tu souffres le martyre, tu te chies dessus, on te découpe la foufoune au scalpel, et après tu dis juste « bah, ça s'est bien passé » !?

Tout s'est enchaîné, et un beau samedi soir, j'étais installée chez moi, dans le plus bel appartement du monde. Bien que bon marché, les déménageurs de Louisa ont été extraordinaires, efficaces, organisés et sympas. En plus de charger leur camionnette, ils m'ont aidée à démonter, puis remonter mes meubles Ikea. Il faudra que je l'invite à déjeuner un de ces quatre, ma collègue honnie ; je lui dois une fière chandelle.

Le soir venu, j'avais déjà remis en place mes livres et mes disques, branché l'Internet, mis des draps dans le lit et rangé la vaisselle. J'étais bien ici, chez moi. Au fond de mon canapé, pieds sur la table basse, Pablo Escobar en boule sur mes genoux, la lumière orangée du soleil déclinant baignait l'appartement. Mon appartement. Le seul détail qui m'empêchait de me sentir *vraiment* bien, c'est que les bières n'étaient pas fraîches. Les déménageurs m'avaient conseillé de ne pas brancher le frigo avant le lendemain, une sombre histoire de gaz qu'il ne faut pas remettre en marche tout de suite... Vu la température, j'avais besoin d'une pinte glacée.

Pas maquillée ni peignée, avec mon vieux T-shirt Ramones et mon jean poussiéreux (oui, je porte un jean au mois d'août : maligne, un jour de pluie j'ai emballé tous mes shorts dans un carton, et je ne sais plus lequel), je suis allée à la brasserie où j'avais bu un café le jour de la visite.

J'ai commandé une pinte au barman, puis en ai bu une gorgée bienfaisante, accoudée au comptoir. Mes jambes fatiguées avaient bien besoin de repos. Il y avait un tabouret libre à l'autre bout du zinc, où se tenaient trois types qui jouaient autour d'un plateau, probablement aux dés. Je leur ai demandé si ça ne les dérangeait pas que je m'y assoie. « Bien sûr, pas de souci ! » m'a répondu l'un d'entre eux en me jetant à peine un regard, avant de reporter son attention sur le jeu. J'ai tenté de soulever le siège, qui était lourd, alors je l'ai juste traîné sur quelques centimètres avant de poser mes fesses dessus. Ça faisait indéniablement du bien. Reprenant une longue gorgée de bière, j'ai soupiré d'aise. Le barman discutait avec les trois types, ils riaient. N'ayant rien d'autre à faire, j'ai jeté un œil à leur jeu pour voir ce qu'ils trouvaient si drôle. Le plateau était en réalité un frisbee retourné sur le comptoir, et ce n'était pas des dés que les mecs lançaient dedans, mais des... cochons. Deux petites figurines roses. Fronçant les sourcils, perplexe, j'ai croisé le regard du barman. « N'aie pas peur, mademoiselle. Ces trois-là sont pas méchants, ils sont seulement débiles », m'a-t-il dit. Ce qui a provoqué les cris faussement outrés des garçons – c'était probablement le but de la vanne. Alors, à mon tour, j'ai souri. Et la conversation s'est engagée.

Ils avaient l'air juste un peu plus vieux que moi, peut-être trente-cinq ou quarante ans. L'un avait des piercings aux lèvres et au sourcil, un autre des écarteurs d'oreilles et une iroquoise platine, le dernier portait barbiche et bonnet (par trente degrés, normal). Je n'arrivais pas à savoir s'ils écoutaient du punk, de l'électro ou du metal.

« Vous jouez à quoi, exactement ?

— On lance des cochons !

— OK, je vois... ça m'a l'air d'une activité très... adulte, ai-je commenté.

— Ah, ça non, a fait le barman, secouant la tête avec une mimique faussement navrée. Ces mecs-là seront jamais adultes.

— De toute façon, les adultes n'existent pas, ai-je affirmé.

— Hey, a dit le mec au bonnet, mais t'es une visionnaire ! C'est quoi ton prénom ?

— Jul. Enfin, Julie.

— Moi c'est David, enchanté. Lui, avec les piercings, c'est Xav, et l'autre keupon avec sa crête, c'est Matt. Et tu fais quoi dans la vie ? Philosophe ?

— Euh, non... Dans la vie, je ne fais pas grand-chose. Enfin... si, je suis photographe.

— On ne t'a jamais vue ici, t'es en reportage ?

— Non, je viens d'emménager dans le quartier.

— Oh, cool ! On te paie une pinte de bienvenue ? »

Je n'avais aucune envie de me faire draguer par des relous, mais rien dans leur attitude ne suggérait qu'ils veuillent coucher avec moi. C'était plutôt de la camaraderie d'habitués de bar, juste des mecs sympas qui buvaient de la bière en lançant des cochons. Et puis, il est extrêmement rare que je refuse une boisson alcoolisée qui m'est offerte... Le barman, que David m'a présenté comme Erwan, a donc posé une deuxième pinte devant moi.

« Tu veux faire une partie avec nous ?

— Bof, je ne suis pas très portée sur les jeux de société, puis je sais pas jouer...

— C'est pas un jeu qui demande beaucoup de technique, tu sais, a rigolé Erwan.

— Allez, quoi, viens un peu te faire enfulter...

— *Pardon ?*

— Enfulter, t'as bien entendu. Ben oui : dans les médias, partout, on nous rebat les oreilles avec le concept d'*adulescent*. T'en as jamais entendu parler, sérieux ? Ça signifie mi-adulte, mi-adolescent. Ben nous, tu vois, c'est encore pire, on est restés des enfants : on joue aux cochons, et tout ça. Faut dire, on est graphistes. Moi, je fais des sites web, et eux bossent dans l'animation.

— Les dessins animés ?

— Ouais. Enfin, surtout les jeux vidéo.

— Je fais aussi de la musique », a ajouté Matt avec son iroquoise.

Son visage me rappelait vaguement quelque chose, mais je ne parvenais pas à me souvenir où je l'avais déjà vu. J'avais le sentiment que ça datait du début des années 2000, mais savoir dans quelles circonstances exactement... Je lui ai donc demandé de quel instrument il jouait, et comment s'appelait son groupe. « Marx & Diana Spencer ?! Je m'en souviens très bien, c'est le nom de groupe le plus génial de tous les temps ! Je vous ai vus sur scène au Divan du Monde en février 2001, je vous ai photographiés ! C'était le premier festival où j'avais une accrèd ! »

Ces clichés étaient tellement mauvais qu'ils n'avaient jamais été publiés, mais c'était une coïncidence incroyable de retrouver leur bassiste des années plus tard, au bar Le Saint-Fargeau. Force était d'admettre qu'il avait un peu vieilli. Moi aussi, sans doute, mais il ne pouvait pas se souvenir de moi, nous ne nous étions pas parlé, ce soir-là.

J'ignorais que son groupe existât toujours, et le lui ai dit. « En fait, on ne joue plus beaucoup par ici, les salles parisiennes craignent. On a surtout tourné en Allemagne, en Europe de l'Est, un peu en France mais en province. Mais ouais, non seulement on existe toujours, mais on termine l'enregistrement d'un album. Justement, on est en train de discuter de la pochette, on aura peut-être besoin d'une photographe...

— Tu me feras signe ? »

J'ai alors fait un geste que je n'avais plus accompli depuis des années : j'ai farfouillé dans mon portefeuille, pas très sûre qu'elles soient encore là, mais j'ai finalement retrouvé mes cartes de visite, et lui en ai tendu une.

Pour fêter ces retrouvailles, Matt m'a offert une troisième bière, et Erwan le barman a fait péter sa tournée de shots. C'est sans doute cela qui m'a décidée à accepter une partie de lance-cochons. Le principe est simple : tu lances les deux figurines dans le frisbee, et selon la position dans laquelle elles retombent, tu accumules un certain nombre de points. Par exemple, si les deux gorets atterrissent sur le dos, cette figure s'appelle le « double tournedos » et rapporte vingt points. S'ils se touchent après l'atterrissage – figure « bon jambon » – tu perds tous tes points. « C'est incohérent, votre truc : le tournedos, c'est pas du porc, c'est du bœuf ! » me suis-je exclamée. « Ah ouais, t'as raison... Bon, on s'en fout, c'est à ton tour de relancer », m'a-t-on répondu.

J'ai pu expérimenter la fameuse chance du débutant : j'ai gagné la première manche haut la main, atteignant les cent points alors que mes compagnons de jeu n'en affichaient qu'une petite vingtaine. J'ai été acclamée, jalousée.

Je n'ai jamais aimé les jeux de société, et je commençais à me demander pourquoi ; il était vraiment agréable de disputer des parties en compagnie de ces quadragénaires aussi sympathiques qu'irresponsables. Aucun n'avait d'enfant, ni même de petite copine régulière. « Des mouflets, mais ça va pas, la tête ? Déjà un hamster c'est trop de responsabilités... »

À la fermeture du bar, tous trois m'ont raccompagnée jusqu'au portail pour s'assurer que je retrouve l'endroit où j'habitais. Aucune lourdeur dans leur attitude, rien que de la bienveillance. Ça m'a fait plaisir ; j'avais l'impression de faire à nouveau partie d'une famille. Alors que j'ouvrais la porte de mon studio-maisonnette, une fusée douce et noire s'est faufilée entre mes jambes : Pablo Escobar avait décidé d'explorer la cour. J'ai fumé une dernière clope, assise sur le perron en le regardant fureter. J'étais heureuse qu'il puisse enfin sortir, mener la vie de chasseur qui aurait toujours dû être la sienne, lui qui est né dans les montagnes, à la ferme où on allait chercher le lait et les œufs. J'avais eu le coup de foudre en voyant ce chaton d'à peine deux mois qui peinait à suivre sa mère dans la neige, presque submergé par la poudreuse – d'où son nom.

J'ai eu beau l'appeler, faire des pssst pssst avec la bouche pour l'inciter à rentrer, rien n'y a fait. Fatiguée, j'ai fini par lâcher l'affaire, fermer la porte et aller me coucher. Il reviendrait forcément pour ses croquettes...

Le lendemain matin, la sonnerie indiquant un texto m'a réveillée. J'avais la bouche sèche et je ne savais plus où j'étais. La lumière coulant du Velux me tapait dans l'œil. Ah oui, le nouvel appart...

Le message inscrit sur l'écran de mon téléphone disait : « Salut Jul, pas trop dur le cancer du béret ? Je viens d'aller voir tes photos sur ton site, elles sont classes, t'assures bien ! Je vais parler de toi à Marx, Diana et les autres, pour la pochette de notre disque. À bientôt, Matt. »

Incroyable, il employait la même expression que Hind, le cancer du béret ! J'étais contente qu'il soit allé consulter mon site Internet comme il l'avait promis, et qu'il n'ait pas traîné. Ce n'étaient donc pas des paroles d'ivrogne. Me remettre à la photo, comme l'avait suggéré Joël... C'était peut-être une bonne idée.

Je me suis levée pour ouvrir la porte-fenêtre derrière laquelle miaulait le chat. Il est entré, portant quelque chose dans sa gueule. En trombe, il a gravi l'escalier de bois pour sauter sur mon lit. Je l'ai suivi. Sur mon oreiller, il avait déposé un petit lézard, dont le moignon de queue rougeoyait. Un cadeau ! J'étais si touchée que j'en ai eu les larmes aux yeux. « Bravo Pablo ! C'est bien, mon chat, tu es un bon chasseur », ai-je gagatisé en lui caressant le sommet du crâne.

Bien qu'amoché, le lézard vivait encore. Redescendant de la mezzanine, j'ai ouvert plusieurs cartons à la recherche de l'essuie-tout que j'ai fini par débusquer. J'ai placé le lézard dans une feuille et suis sortie dans la rue, seulement vêtue de mon T-shirt Ramones taille XL qui m'arrivait à mi-cuisses, pour aller déposer l'animal malchanceux un peu plus loin, dans un jardin. Espérons qu'il survive, et ne croise plus jamais la route de mon petit trafiquant de coke.

J'ai branché la bouilloire et me suis fait un thé Détox, dans le vain espoir qu'il atténue ma gueule de bois. Un vestige de chez Bacillus, qu'une journaliste du magazine féminin m'avait offert après l'avoir reçu en plusieurs exemplaires en envoi presse. Le « thé des tox », comme l'appelait Milan qui détestait tous ces trucs de bobo. Sur ce coup-là il n'avait pas tort : ce breuvage ne m'a jamais fait aucun effet notable – mais que voulez-vous, à cheval donné on ne regarde pas s'il soigne la gueule de bois. Milan… Il ne m'avait plus donné de nouvelles, mais je ne pouvais guère l'en blâmer. Dire que je m'étais mal comportée avec lui relevait de l'euphémisme. Je ne regrettais pas de l'avoir quitté, au contraire, c'était la meilleure chose qui pouvait nous arriver, à tous les deux ; mais j'aurais pu rompre sans méchanceté. Il était déjà dépressif, et au lieu d'essayer de le comprendre, je l'avais blessé. À présent, je lui souhaitais de parvenir à être heureux avec sa nouvelle meuf, et d'avoir un jour assez de succès avec son groupe pour pouvoir vivre de sa musique.

Après avoir versé l'eau brûlante dans la théière, j'ai allumé l'ordinateur, ouvert iTunes et sélectionné dans ma bibliothèque l'album *Write about Love* de Belle & Sebastian. Les arpèges de guitare folk servant d'intro à *Read the Blessed Pages* ont été les premières notes de musique à résonner dans mon bel appartement baigné de soleil. La chanson que j'écoutais sur le Pont-Neuf, après avoir vu le photographe pour la dernière fois. La chanson qui, pour toujours, me rappellerait Joël. « *Love is like a novel, read the blessed pages…* » chantait Stuart Murdoch. L'amour est comme un roman… cette bribe de paroles devait avoir inspiré le titre du LP, *Écrire sur l'amour…* Peut-être qu'un jour j'écrirais un roman qui raconterait ma non-histoire avec Joël. C'est grâce à lui que j'étais ici, dans mon petit nid mezzanine qui me plaisait tant – habiter une maison à Paris ! Avec une cour où je pourrais cultiver des plantes en pots ! Je n'en revenais toujours pas de ma chance. C'est Joël qui, sans le savoir, m'avait poussée à mettre fin à une relation pourrissante. Une page était tournée, et même si son nom ne figurerait jamais dans la suite de ma vie, j'étais reconnaissante à je ne sais qui, à Dieu, au destin ou autre chose en laquelle je ne crois pas, de l'avoir rencontré.

Après avoir pris une douche, j'ai recommencé à ouvrir des cartons et à ranger leur contenu. Je suis tombée sur celui où était inscrit « matos photo ». Longtemps qu'il n'avait pas été défait, celui-ci. Il était resté tel quel dans l'ancien appartement, sous le lit, cela faisait donc plus de trois ans que je ne l'avais pas ouvert. Désormais, j'avais suffisamment de place pour ranger mes appareils dans un meuble. J'ai donc introduit la lame du cutter au milieu de la bande adhésive et l'ai fendue en deux. Mon vieux reflex Contax argentique ! En le saisissant, mes doigts ont automatiquement retrouvé la position familière. Une drôle d'émotion m'a saisie. On en avait fait de la route, mon Contax et moi ! On avait sillonné ensemble les salles de concert d'Auvergne et de Paris. Même après être passée au numérique, je n'avais pas eu le cœur de le revendre – trop de souvenirs, trop bon appareil. Tous mes confrères me l'enviaient, celui-là. Mue par une impulsion, j'ai ouvert le frigo où j'avais remis quelques films périmés qui traînaient depuis des années dans le bac à bières. Qu'importe, cela pouvait produire des effets marrants. J'ai choisi une Provia, que j'ai introduite dans l'appareil. Dans la cour, Pablo Escobar était perché sur ses pattes arrière, tel un chien faisant le beau, pour atteindre une feuille de papyrus qu'il dévorait. J'ai porté le viseur à mon œil gauche, fermé le droit... Clic ! Le bruit a fait fuir le chat. Il allait falloir que je reprenne de l'exercice, au cas où Matt, le bassiste de Marx & Diana Spencer, me demande de réaliser la pochette de son album. Souriant toute seule, j'ai attrapé mes clefs, fait rentrer le chat, et je suis sortie me promener dans mon nouveau quartier, Contax en bandoulière.

J'ai simplement marché tout droit dans la rue Saint-Fargeau, qui devenait celle de Ménilmontant. Un peu plus haut que la Maroquinerie, une vue plongeante sur Paris est apparue, époustouflante de beauté. Sur le trottoir, à deux mètres devant moi, un couple s'embrassait. Elle avait de beaux cheveux longs, d'un rouge éclatant. Lui portait un perfecto au dos duquel était inscrit au Posca « *Shit happens* ». Son bras enlaçait la taille de sa douce. J'ai fait la mise au point, pressé le déclencheur.

Remerciements

Ce livre ne serait pas le même sans Joachim Robert, son soutien, ses précieux conseils et ses idées génialement farfelues, comme appeler un caniche Alain Prost ou un bar Le Chanzy-Lizzy.

Toute ma gratitude à Virginia Bart et Tristan Garcia qui ont cru en ce roman dès le début, tout comme mon éditeur Armand de Saint Sauveur.

Pour leur relecture attentive et leurs conseils, merci à Marie David, Jean-Pierre Montal, Charles Ficat, Constance de Bartillat, Tania Sadeghian et Caroline Vié.

Je tiens aussi à remercier Laurence Schluth d'être la meilleure meilleure amie du monde, et de ne m'avoir jamais proposé de lait pour l'apéro.

Merci à toute ma famille et à mes amis, en particulier Basile, Syd, Hervé, Sam, Matthieu, Isabelle & Thierry, BB Danger, Edgar, Rémi (et son fromage qui pue), Thibault (et sa soirée électorale), Caroline Madjar, Émilie C. et Émilie K., Hakim, Juliette & Ote (et leur club du lundi),

Amélie pour qui c'est permis, David et Julien (et leurs petits cochons), Albane et son chat Schrödinger, Gaëlle, Géraldine, Marie, Sofija, Jean-Édouard.

Enfin, merci à tous les auteurs, musiciens, compositeurs ou marques cités dans ce livre.

Table des matières

Déjà parus aux éditions Intervalles

LITTÉRATURE

Parano, de Jan Lars Jensen
Douze histoires cul sec, d'Anthony James Perry
D'amour et d'Amazone, d'Anthony Smith
À la recherche d'Hassan, de Terence Ward
Le roman que je n'ai pas écrit, de Linda Grant
Nos années folles, de Linda Grant
1421, l'année où la Chine a découvert l'Amérique, de Gavin Menzies
Twelve Bar Blues, de Patrick Neate
Jérusalem, de Patrick Neate
Les mots pour jouir, de Martin Melkonian
Cent un jours à Bagdad, de Åsne Seierstad
Les Ailes de Sarajevo, de Bill Carter
Boom, Bust, Boom, de Bill Carter
Le Sang des âmes, de Theo Hakola
Rakia, de Theo Hakola
La fin est mon commencement, de Tiziano Terzani
Un devin m'a dit, de Tiziano Terzani
Un autre tour de manège, de Tiziano Terzani
Lettres contre la guerre, de Tiziano Terzani
Soname ou la bonne fortune, de Soname Yangchen
La demoiselle de Sing Sing, d'Idanna Pucci
Collection irraisonnée de préfaces à des livres fétiches, de M. Page et T. B. Reverdy (dir.)
Les petites fées de New York, de Martin Millar
Kalix, la loup-garou solitaire, de Martin Millar
Kalix, la malédiction de la loup-garou, de Martin Millar
La Déesse des marguerites et des boutons d'or, de Martin Millar
Nos mots croisés, de Daphné Kauffmann
Un personnage en Italie, de Daphné Kauffmann
Les Tribulations d'un opiomane (1895-1915), de James S. Lee
Softcore, de Tirdad Zolghadr
Raga Mala, de Ravi Shankar
Voyage au pays des juges, de Jean-Claude Boulard
Le Cartographe, de Guillaume Jan
Traîne-Savane, de Guillaume Jan
Marie et les Autres, d'Axel Léotard
18 % gris, de Zachary Karabashliev
Détrompez-vous !, de Jean Szlamowicz
Les Meilleures Intentions du monde, de Gabriel Malika
Qatarina, de Gabriel Malika
Au nom d'Alexandre, d'Olivier Auroy
L'Amour propre, d'Olivier Auroy
Christiania ou les enfants de l'utopie, de Laurène Champalle
Comme sur un lit de roses, de Millard Kaufman
Des bambous dans la surface de réparation, de Rowan Simons
Petit journal de bord des frontières, de Gazmend Kapllani
Je m'appelle Europe, de Gazmend Kapllani
La Dernière Page, de Gazmend Kapllani
Voyages sur Chesterfield, de Philippe Coussin-Grudzinski

Là-Batz, le roman d'une île, de Guénaëlle Baily-Daujon
Les Enfants de l'exil, de D. Guelar, V. Jarach, B. Ruiz
Doris Darling, de Ben Elton
Les Menteurs, d'Anthony Neilson
Absolut Barbarian trip, d'Elias Jabre
Comic Strip, d'Arnaud Modat
Bye bye Leningrad, de Ludmila Shtern
Un psychopathe et demi, d'Elias Jabre
Zeus, de Sébastien Gendron
La Nuit des secrets, de David Doma
Le Monde selon Cheng, de Stéphane Reynaud
Avec les hommes, de Mikaël Hirsch
Notre-Dame des Vents, de Mikaël Hirsch
Libertalia, de Mikaël Hirsch
Quand nous étions des ombres, de Mikaël Hirsch
Les Heures pâles, de Gabriel Robinson
Découvrez Mykonos hors saison, de Richard Gaitet
L'Aimant, de Richard Gaitet
Sotchi inventaire, de Jean-Claude Taki
La Paix à l'œuvre, de Menahem Begin et Anouar el-Sadate
L'argent a été viré sur votre compte, de Dimitris Sotakis
Comment devenir propriétaire d'un supermarché sur une île déserte, de Dimitris Sotakis
Une bien modeste famille, de Da Ngân
Ça pourrait bien être votre jour de chance, de Mileta Prodanović
Baby Buby, de Marianne Groves
Dans la peau d'un monstre (gentil), d'Yves Brunier
Hôtel International, de Rachel Vanier
Écosystème, de Rachel Vanier
Physique de la mélancolie, de Guéorgui Gospodinov
Un roman naturel, de Guéorgui Gospodinov
La Belle Affaire, de Sonia Ristić
Des fleurs dans le vent, de Sonia Ristić
Pornification, de Jean-Luc Marret
Explorations sur le terrain du sexe ukrainien, de Oksana Zaboujko
Weiwei-ismes, d'Ai Weiwei
Le Muscle du silence, de Rouja Lazarova
À la trace, de Carole Zalberg
La Bataille de Penang, de John Robertson
Ping-Pong, de Park Min-kyu
Les Bonnes Mœurs, de Timothée Gaget
Tante Rosa, de Sevgi Soysal
La Porte de la mer, de Youcef Zirem
Nouvelles nouvelles d'Azerbaïdjan, de Michka Assayas
Le Peintre et la voyageuse, de Patricia Almarcegui
L'homme qui ne voulait pas devenir président, de Julien Leclercq
Bouddha Boudoir, d'Elsa Levy
Le Sourire du Chien, de Dimana Trankova
Dans l'ombre du viaduc, d'Alain Delmas
Femme de seconde main, d'Uršul'a Kovalyk
Petits Hommes, de Konrad Laghos
La Voix de Cabo, de Catherine Baldisserri
Le Merle bleu, de Vesna Maric

Achevé d'imprimer en avril 2018
sur les presses de l'imprimerie Corlet
à Condé-sur-Noireau
N° d'imprimeur : 197276
Imprimé et broché en France
Dépôt légal : deuxième trimestre 2018

Couverture : Claire Besset
Composition : Amélie Sepulchre
Révisions : Amélie Sepulchre

ÉDITIONS INTERVALLES

Direction éditoriale : Armand de Saint Sauveur

2 rue Bleue 75009 Paris France
Tel. : +33 1 53 43 83 30
www.editionsintervalles.com